AF186347

Für Heinz und Traudel

„Der Krieg ist nur um des Friedens Willen da.“

- Aristoteles

Robin Haug

Der Eumismus

Ein erster Versuch

© 2021 Robin Haug

Autor: Robin Haug
Umschlaggestaltung: Robin Haug

Verlag: tredition GmbH, Halenreie 40-44, 22359 Hamburg
ISBN: 978-3-347-22046-1 (Paperback)
        978-3-347-22047-8 (Hardcover)
        978-3-347-22048-5 (e-Book)

Das Werk, einschließlich seiner Teile, ist urheberrechtlich geschützt. Jede Verwertung ist ohne Zustimmung des Verlages und des Autors unzulässig. Dies gilt insbesondere für die elektronische oder sonstige Vervielfältigung, Übersetzung, Verbreitung und öffentliche Zugänglichmachung.

Bibliografische Information der Deutschen Nationalbibliothek:
Die Deutsche Nationalbibliothek verzeichnet diese Publikation in der Deutschen Nationalbibliografie; detaillierte bibliografische Daten sind im Internet über http://dnb.d-nb.de abrufbar.

Inhaltsverzeichnis

Kapitel 1 – Vereinfachung der Realität..................7

Kapitel 2 – Die relevante Relevanz..................11

Kapitel 3 – Die Rolle der Rhetorik..................13

Kapitel 4 – Die Sinnfrage..................18

Kapitel 5 – Die Akzeptanz und absolute Notwendigkeit von Konflikten..................26

Kapitel 6 – Gewöhnung und Anpassung..................38

Kapitel 7 – Kurzfristigkeit..................45

Kapitel 8 – Der Feind..................49

Kapitel 9 – Langfristigkeit..................52

Kapitel 10 – Ein Punkt über Weltrettung..................58

Kapitel 11 – Die Rettung des Subjekt..................59

Kapitel 12 – Ist der Zufall wirklich zufällig?..................68

Kapitel 13 – Unser Streben nach Macht..................71

Kapitel 14 – Wann?..................79

Kapitel 15 – Der Mensch..................93

Kapitel 16 – Die Menschheit..................95

Kapitel 17 – Der Tod und das Sterben..................101

Kapitel 18 – Ein Wort danach..................105

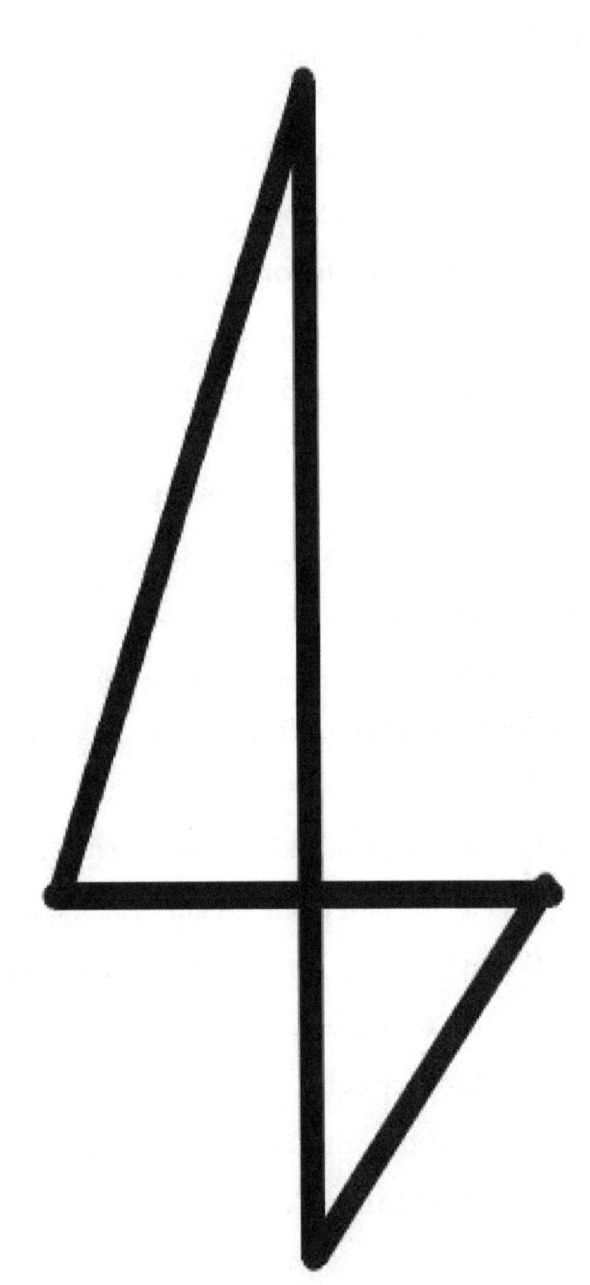

Kapitel 1 – Vereinfachung der Realität

Eine immer wiederkehrende Erkenntnis. Wer sie begreift, der versteht wahrhaftig. Ich beginne mein erstes Buch mit der Realität und der Wahrheit.

Der Prozess, in dem wir Wissen und Erkenntnisse zwischen Menschen austauschen, benötigt immer Geschichten in Form von Bildern und Sprache. Es gibt noch keine Alternative dazu. Wie die Realität im Spezifischen auszusehen scheint, erzähle ich in den anderen Kapiteln. Aber erst mal werfe ich einen Blick auf die Fehler meiner Methoden. Die Methoden des Schreibens und Erzählens. Warum können meine Ausführungen nicht vollständig und nur realitätsabbildend sein?

Und warum kann ich die Wahrheit sagen, wenn ich meine, dass meine ausgeführten Erkenntnisse allesamt wahr sind?

Wenn wir sprechen, dann vereinfachen wir die Dinge; wir reduzieren sie auf ihre Bedeutung. Sprache kann nicht realitätsgetreu die Realität darstellen, weil wir sie nur auditiv während des Zuhörens oder visuell beim Lesen - die Welt aber mit allen Sinnen - wahrnehmen können. Zum Beispiel ist eine Schildkröte mehr als nur das Wort, welches sie beschreibt. Auch wenn wir versuchen, mit "grün", "Panzer", "vier Beinen" und so weiter die Testudinata genauer zu beschreiben, nähert sich das imaginäre Bild dem mit den Sinnesorganen wahrgenommenen Bild an ohne jemals deckungsgleich zu sein. Zudem ist die Betrachtung der Schildkröte kein Bild. Eher ein Film. Wir können die Bewegung sehen und die Geräusche hören. Aber wohl auch ein Film vereinfacht die Realität. Das Wort wird nicht zum realen, gepanzerten Wirbeltier, egal wie oft wir es versuchen.

Wir sollten auch nicht versuchen, die Sprache zu ändern, sodass wir die Realität realitätsgemäß beschreiben können, falls das möglich wäre. Kommunikation ist auf Effektivität ausgerichtet. Warum soll ich ausdrücken, wie genau ich den Tiger hinter dir im Busch wahrnehme. Wichtiger ist es dir zu sagen, dass er da ist und dich sabbernd beobachtet. Die Argumentation auf Basis von evolutionären Notwendigkeiten oder Vorteilen ist weit verbreitet und wird noch öfter vorkommen, weil wir das sind, was wir in der Vergangenheit wurden.

Wenn wir versuchen, etwas zu beschreiben, wird die Beschreibung wahrscheinlich verständlich sein, aber die Realität einfacher darstellen als sie ist. Können wir die Realität eigentlich wirklich fassen, wie sie ist? Unsere Sinneswahrnehmung ist auch eine Vereinfachung der Realität.

Unsere Sinne können manche Signale nicht verarbeiten. Zum Beispiel können wir bestimmte Schall- oder Lichtwellenfrequenzen nicht wahrnehmen Wir brauchen diese Frequenzen zwar im Alltagsleben nicht, aber trotzdem sind diese real und deshalb kann ich behaupten, dass wir seit jeher in jeder Wahrnehmung vereinfachen. Schon antike Philosophen stellten eine Theorie auf, nachdem sich die Materie unglaublich oft teilen lasse. Wir können nicht nur Materie sehr oft teilen, sondern auch Farben, Gerüche, Texturen, Geschmäcker und Geräusche erstaunlich häufig differenziert wahrnehmen. Dennoch ist diese Differenzierung nicht vollständig und verbal kaum erreichbar.

Realität (Definition): Alles Seiende

Wir können nicht alles Seiende wahrnehmen oder wissen, sondern nur Teile. Wir können uns an die Gesamtheit annähern. Das Problem mit dem Beschreiben der Realität, sodass wir ihr gerecht werden, ist nicht nur die Komplexität der existierenden

Dinge, sondern auch die Menge und deren Zerstreuung. Allein die gesamte Welt als Individuum gesehen zu haben, und nicht nur in jedem Land der Erde gewesen zu sein, sondern tatsächlich jedes Stück Land zu sehen, dauert mehr als ein Jahrhundert. Daraus folgt die Wahrheit über die Wahrheit...

Seit der Aufklärung meinen wir, dass die absolute Wahrheit wahrscheinlich nicht existiert, nur von Gott gekannt wird oder wir noch nicht zu ihr gelangt sind. Das geozentrische Weltbild (lange Zeit die Wahrheit) wurde widerlegt. Unmöglich! - haben die daran Glaubenden gesagt. Galileo hätten sie hingerichtet, hätte er nicht widerrufen. Wir können etwas für die Wahrheit halten, was sich bald als falsch erweist. Die empirischen Wissenschaften sind weit, aber noch nicht weit genug, dass wir uns sicher sein könnten, dass wir uns nicht täuschen, besonders in philosophischen Fragen.

Mein Lieblingsfilm ist "Matrix 1", von Lana und Lilly Wachowski. In dem Film flüchtet der Protagonist Neo aus einer Simulation, welche das Leben so gut imitiert, dass die Menschen sie für die Realität halten. Die Modernisierung des dekartischen Skeptizismuses zeigt so metaphorisch auf, dass wir uns selbst unserer Wirklichkeit in dem Aspekt der Echtheit nicht sicher sein können. Es ist schwer zu beweisen, dass wir nicht in einer Simulation leben, welche perfekt unsere Realität darstellt.

Der Umstand in einer Simulation zu sein, spielt für uns nur eine Rolle, wenn wir die Möglichkeit haben, aus ihr auszubrechen, was in unserem Fall nicht der Fall zu sein scheint, da nicht mal feststeht, ob wir überhaupt in einer sind. Es ist also relativ irrelevant und wir sollten unser Verhalten nicht ändern, nur weil es diese Möglichkeit gibt.

Was nun diese Erkenntnis in Bezug auf die Realität und Wahrheit zeigt, ist, dass nichts wirklich sicher ist, da alles eine

Täuschung sein könnte. Ich definierte, definiere und werde Wahrheit wie folgt definieren:

Wahrheit (Definition): Annahmen, die mit der höchsten Wahrscheinlichkeit der Realität entsprechen.

Falls ich als Autor also etwas behaupte, wie etwa was Wahrheit ist, so ist das Ausgesagte schlussendlich für mich das, was die höchste Chance hat, wahr zu sein und nicht das, was wahr ist, denn das liegt jenseits unserer Erkenntnis.

Diese Relativierung sorgt für eine Aussagekraft, welche erstens keinen apodiktischen, uneingeschränkten Wahrheitsanspruch besitzt, sondern nur als Hypothesen mit glaubhaften, logischen Inhalt angesehen werden kann, zweitens die Diskussionsoffenheit über die philosophischen Gedankengänge wahrt und drittens trotzdem allgemeine oder spezifische Aussagen über die Realität ermöglicht.

Dieses Grundprinzip meiner Rhetorik stelle ich also an den Anfang des Buches, sodass alles Kommende dem Prinzip folgt.

Zusammenfassung:

- Die Realität ist nicht gänzlich erfassbar.

- Vereinfachungen sind effektiv und nötig.

- Das Wahrscheinlichste ist die Wahrheit.

Kapitel 2 – Die relevante Relevanz

Die Relevanz ist relevant. Das ist eine Tautologie. Die Aussage ist unmöglich zu widerlegen, da sie logisch ist. Trotzdem ist dieser Satz relevant. In unseren heutigen Zeiten sind wir ständigen Ablenkungen ausgesetzt, die uns vom angestrebten Weg lenken und denen wir zu oft einheimfallen. Es wurde eine unzählbare Anzahl an Bücher geschrieben. Es scheint fast unendlich viele Themen, Dinge und Situationen zugeben, über die wir nachdenken können. Wenn ich es wollte, könnte ich dieses Buch endlos fortführen. Ich könnte über das Wetter und das Mittagsessen von heute schreiben oder belanglose Liebesgeschichten zwischen jedes Kapitel setzen. Sinnvoller könnte es sein, dich über alle Theorien der Philosophen, die mir bekannt sind, zu informieren. In der Philosophie gibt es sehr viele weit gefächerte Themenfelder. Und obwohl gleiche Themen von verschiedenen Autoren behandelt wurden, hat jeder Philosoph in gewisser Weise seine eigene Meinungen und eigene Ausführungen dazu.

„In der Kürze liegt die Würze.“

Ich gehe zur Zeit noch zur Schule, habe viele wunderbare Freizeitaktivitäten und nicht genug Zeit, um dieses Buch als Enzyklopädie der Philosophie zu verfassen. Zudem gibt es Philosophen, die wichtige Aufgaben in dem Wandel des Zeitgeistes erfüllt haben, nur um dann in Vergessenheit der breiten Bevölkerung zu geraten. Wie Francesco Petrarca, welcher als Begründer des Humanismus angesehen wird und den Übergang zwischen dem mittelalterlichen, christlichen Determinismus zu dem neuzeitlichen Entdeckerdrang in seinem Werk "Besteigung des Mont Ventoux" bildlich darstellt. Wenige kennen ihn noch – und ich kenne ihn nur, weil wir das Werk in der Schule gelesen haben – und er ist auch nicht relevant für meine Erkenntnisse, sodass seine Erkenntnisse hier nicht notwendig auszuführen sind.

Viel hat sich verändert. Wenig blieb gleich. Das was wir alle in der Schule in den Sozial- und Naturwissenschaften lernen ist auch nur die Spitze des aktuellen Wissensstand-Eisberges. So etwas nennen wir Allgemeinbildung und ist praktisch. Wenn man einem Neuntklässler, der, sagen wir, ein unterdurchschnittliches Interesse an Physik besitzt, die komplexe Quantenphysik näher bringen möchte, werden wir damit eine schwere Zeit haben. Das bringt auch wenig, was will er denn auch damit?

Ich möchte in diesem Buch über alle relevanten Themen der Philosophie schreiben. Philosophie ist nicht allein sinnvoll, weil es Philosophie ist. Zum Beispiel werde ich nicht über Schrödingers Katze schreiben, nur weil es einen interessanten Blick auf die Quantenphysik eröffnet. Mir ist die lebensnahe Philosophie wichtig. Zum Beispiel: Wie werde ich tugendhaft und ein guter Mensch?

Während wir leben über die eigene Lebensführung zu reflektieren und sie anzupassen, ist sinnvoll und wichtig. Was gibt es besseres im Leben als besser zu leben? Das ist wiederum eine rhetorische Frage.

Überleitung (Definition): [...]

Kapitel 3 – Die Rolle der Rhetorik

Die Sprache ist eine der drei Komplexitäten, die uns von Tieren unterscheidet. Wir sind Tieren biologisch, physisch und durch unsere Kurzfristigkeit ziemlich nahe. Dennoch bin ich der Auffassung, es gibt fundamentale mentale Unterschiede zwischen uns und jenen.

Die Gemeinsamkeiten sind zahlreich, aber jetzt erst mal nicht relevant, deshalb erst mal die Unterschiede.

Die Drei Komplexitäten:

1. Der komplexe Verstand

2. Die komplexen Werkzeuge

3. Die komplexe Sprache

Verstand, Werkzeuge und Sprache werden auch von Tieren genutzt. Ein Affe zertrümmert mit einem Stein Nüsse; Wale kommunizieren durch den meditativ nutzbaren Walgesang und einige Tiere können erstaunlich gut von uns gestellte Rätsel lösen, um an Nahrung zu kommen.

Den Menschen sind diese drei Eigenschaften auch zugänglich. Nur sind diese signifikant komplexer ausgeprägt. Wir haben tausende unterschiedliche Sprachen auf der Welt. Wobei Englisch die Weltsprache, also die gesetzte Hauptsprache der Menschheit, ist. Wir bauen riesige Öfen und schmelzen Metalle, um daraus sich bewegende Maschinen zu konstruieren. Auch unser Verstand ist, nicht bewiesen aber vermutbar, der komplexeste in der ganzen Tierwelt. Unsere sozialen und rechtlichen Systeme sind so komplex geworden, wir müssen diese aufschreiben, damit sie funktionieren können. Gleichzeitig wären die Strukturen ohne Schrift nicht so komplex geworden. Durch die Komplexitäten können wir Bücher drucken und die Sprache unsere Gedanken mit Logik und Wissen ordnen.

Diese Fähigkeiten beeinflussen einander und sind nur zusammen in großem Maße möglich. Wenn wir keine Sprache hätten, wie sollten wir dann über den Sinn des Lebens und des Todes nachdenken können, also unseren Verstand weiter formen? Ohne einen komplexen Verstand ist unsere Sprache nicht möglich, da nicht nur die Definition der Wörter uns bekannt sein muss, sondern wir auch ein Verständnis für die mögliche Intention des Anderen brauchen. Weil wir durch die nicht zielgerichtete Evolution und einen glücklichen Meteoriteneinschlag alle drei Dinge in uns über lange Zeit ausgeprägt wurden, sind wir an der Spitze der Nahrungsnetze.

In diesem Kapitel wird erst mal die Sprache beleuchtet.

Warum reden wir?

Wir sprechen, weil wir unter anderem unsere Bedürfnisse und Triebe zu befriedigen suchen. Dazu üben wir unsere (verbale) Macht aus. Mit Reden können wir das Verhalten von anderen Menschen ändern. So suchen wir Vorteile und Begebenheiten, welche uns Ruhe ermöglichen.

Reden kann aber noch einen unoffensichtlichen Grund haben. "Die allmähliche Verfertigung der Gedanken beim Reden", von Heinrich von Kleist, ist die Essenz dieses Grundes.

Während wir sprechen oder schreiben, ordnen sich unsere Gedanken, weil wir dem Gegenüber etwas möglichst mit logischen Zusammenhang erzählen wollen. Und gerade wenn wir noch nicht wissen worauf wir hinaus wollen, arbeitet unser Gehirn so effektiv, sodass wir auf Ideen kommen, welche wir alleine nachdenkend nie oder sehr viel später erst gefunden hätten. Um nachzudenken rede ich gerne mit mir selbst in Gedanken. Wahlweise können wir auch mit anderen reden, um neue Erkenntnisse zu erlangen, sollten aber bedenken, diese werden antworten wollen und wenn wir sie lassen kommen wir auf andere, teilweise keine oder noch bessere Ideen.

Selbst Aristoteles, der Vater der meisten Wissenschaften und ein großer Philosoph, hat nicht alle seine Erkenntnisse allein von sich, sondern tauschte sich mit Bekannten über die Themen aus. Sokrates ist ein noch besseres Beispiel. Wenn man den antiken Überlieferungen glauben kann, dann spazierte er jeden Tag auf den Plätzen Athens umher und sprach verschiedene Personen an und stellte ihnen Fragen. Was ein Held der Philosophie! So viele Fragen stellen, dass er zum Tode verurteilt wurde. Welcher (bekannte) Philosoph sprach nicht mit Anderen über seine Erkenntnisse?

Wir können Ideen aus externen und internen Quellen überdenken, ablehnen, umgestalten, ignorieren und übernehmen. Gerade in der heutigen Zeit ist es schwer etwas zu denken, was noch keiner gedacht hat. Ich bin mir äußerst sicher, dass dies bestimmt auch schon jemand gedacht hat.

Weiterführend behaupte ich, dass unser Sprechen ein Blick in die Persönlichkeit des Gegenübers ermöglicht. Die Selbstkundgabe ist charakteristisch für unsere alltägliche Kommunikation. Wir tauschen uns aus über unsere Befinden, Probleme und Wünsche. Einige Gespräche können Stillstand sein. Wir erlangen kein neues, relevantes Wissen und keine neuen Erkenntnisse. Manche Gespräche verändern das Leben positiv. Zum Beispiel ein Bewerbungsgespräch oder deine Liebeserklärung. Der Stillstand ist dagegen eine Momentaufnahme. Es liegt an uns hinzuschauen und die interessanten Details zu entdecken. Wenn Neugier aufkommt, lernen wir andere Menschen leichter kennen.

Warum ist Rhetorik notwendig und was ist diese?

Wir stellen uns Stephen Hawking vor, der vorgestern gestorben ist, zu dem Zeitpunkt, an dem ich das hier schreibe. Dieser hochintelligente Mensch war seit seiner Kindheit schwerstbehindert und konnte mehr als 30 Jahre bis zu seinem Tod nur noch mit Hilfe eines Computers kommunizieren. Wenn er das nicht gekonnt hätte, wäre er kein bedeutender Teil des wissenschaftlichen Diskurses geworden und hätte keine seiner Erkenntnissen mit der Welt teilen können.

Wir müssen unsere Gedanken ausdrücken können, sonst werden wir unsere bewegenden Erkenntnisse und Geschichten nicht mit der Welt teilen können.

Zudem ist es äußerst hilfreich, unsere Gedanken möglichst treffend formulieren zu können, damit wir eben diese mit der Welt teilen. Und je komplexer das Gedachte, desto schwieriger ist es dies in Worte zu fassen. Seit mehreren Jahren versuche ich aktiv meine sprachlichen Möglichkeiten zu trainieren, sodass ich meine Gedanken ohne Verfälschung oder Übervereinfachung zu äußern in der Lage bin. Es funktioniert nicht recht.

Rhetorik (Definition): Die Kunst der Überredung

Dafür übe ich mich in der alten Disziplin der Rhetorik, indem ich mich mit den Grundlagen von Charisma beschäftige oder Feldforschung nach der "trial and error" Methode betreibe. Um sich im Reden zu verbessern gibt es mehrere Wege. Reden, um sich zu verbessern im Reden; mit sich selbst reden oder Redegewandten zuhören. Wie einen Muskel, den wir trainieren, sollten wir es regelmäßig und zu einer Gewohnheit machen.

Der Profane braucht für seine Arbeit seine Muskulatur.

Der Intellektuelle braucht seine Rhetorik.

Meiner Meinung nach sind die besten Ziele eines Gespräches entweder der Realität näher zu kommen, also Diskussionen über zum Beispiel die Natur des Menschen, oder sich gegenseitig zu besseren Weltbewohner zu machen, denn wer sich besser macht, kann andere bessere machen.

Zusammenfassung:

- Sprache ist ein Teil dessen, was uns zu Menschen macht.

- Reden hilft beim Denken.

- Rhetorik ermöglicht es komplexe Gedanken zu kommunizieren.

Kapitel 4 – Die Sinnfrage

Warum habe ich den Sinn des Leben gesucht? Die Frage nach dem Endziel unserer menschlichen Existenz begründet sich auf das Verlangen Handlungen bewerten und gute Entscheidungen treffen zu können. Ist dieses oder jenes gut oder schlecht?

Ohne einen festen, wahren Richtwert muss bei jeder neuen Entscheidung die Bewertung der zu erwartenden Konsequenzen neu stattfinden. Das ist ineffektiv und verbraucht Energie, welche in dem anzustrebendem Fall des vorhandenen Sinnes für die Erfüllung dessen aufgewendet werden könnte.

Das Finden dieses Sinnes und die Erkenntnis über die bestmögliche Methode ihn zu erreichen - denn er wird auf vielen Wegen kurzfristig oder langfristig, kurz bleibend oder lang bleibend erreichbar sein - resultiert in einem wertvollen Leben.

Viele Philosophen haben nach dem Sinn des Lebens gesucht und haben unterschiedliche gefunden. Wie konnten viele weise Menschen sich bei einer so grundlegenden Sache nicht einigen?

Eine mögliche Erklärung ist, dass es keinen Sinn gibt (Materialismus), was aber der Lebensqualität deutlich schaden kann (Nihilismus) oder im Sinn des Existenzialismus zu einer konstanten Skepsis gegenüber dem eigen Gewählten führen kann, da man sich seinen selbst auswählt. Beides ist unzureichend zufriedenstellend.

Die nach dem Sinn Suchenden haben die gemeinsame, höhere Konsequenz ihrer Prioritätensetzungen nicht erkannt. Ich wünsche mir, dass der von mir gefundene Sinn alle der voran gegangenen

Sinne in einem Begriff mit vielen Synonymen bündelt und die oben aufgestellten Bedingungen erfüllt.

Der Sinn des Lebens ist: langfristig für sich und andere Ruhe schaffen.

Das, was die Welt im Innersten zusammenhält und das Ziel jeder menschlichen Handlung ist, bewusst oder unbewusst, langfristig oder kurzfristig, die Ruhe, Gelassenheit, Ausgelassenheit, Entspannung, Zufriedenheit und Frieden.

Dieser Gedanke ist nicht neu. Schon einige antike Philosophen erkannten die Wichtigkeit dieses Zustandes in der Lebensführung und nannten es *Ataraxie* (Unerschütterlichkeit), *Apatheia* (Unempfindlichkeit) oder *tranquillitas animi* (Ruhe des Geistes). Aber für mich ist die Ruhe mehr, und weil es leichter zu schreiben und zu lesen ist, werde ich den Zustand der gesamten Synonyme der Ruhe schlicht mit dem Wort Ruhe vereinfachen. Sie ist einer der zwei einzigen relevanten Zustände des Universums. Die Ruhe steht nicht unabhängig über allen anderen Lebenssinnen, denn ich werde nicht argumentieren können, dass alle die Sicherheit, Macht, Wachstum, Triebbefriedigung, glücklich sein, Gesundheit oder das Existieren als höchstes Gut anstreben ihr Leben falschen Werten widmen. Wenn jemand dies behauptet, soll er gleich verkünden: „Diese Tollen laufen dem Erstbesten hinterher, was sie erregt und reizt. Ich hingegen bin so gebildet, dass ich als einziger besser um mich sehe und das wahre Höchste erkenne!" Im Grunde sind wir heute in den konstruktivistischen Zeiten hoffentlich alle der Ansicht, dass jeder Mensch frei entscheiden kann, was er aus seinem Leben machen will und was ihm wichtig ist. Die gesetzlich verankerte persönliche Freiheit nun aber erneut in seiner Ruhe bringenden Wirkung logisch zu bestärken und die Gegenstimmen zu entkräften, zögert nur die neuen und interessanteren Erkenntnisse unnötig heraus. Es gibt viele Wege Ruhe zu schaffen.

Es genügt meinen Standpunkt auszutesten, in dem du dich auf ihn begibst und den Blick über die Landschaft schweifen lässt; vielleicht verspürst du die Lust eine Blüte mit dem Auge und dem Verstand auf das Genauste zu erfassen. Nach einer ausreichenden Weile werden sich manche langweilen, da sie nicht wissen, was es ihnen nützt. Andere werden länger verweilen, den Ausblick genießen und die Gesamtheit verstehen.

Die Ruhe beschreibt einen Zustand, in dem wir uns zwar bewegen, denn alles ist in einem riesigen, kontinuierlichen Wandel; in einer gigantischen, unaufhaltsamen, allgegenwärtigen Bewegung, dennoch keine relevanten, komplexen und intensiven Konflikte haben.

So unterscheidet sich diese gemeinte aktive Ruhe von der Faulheit, Trägheit und so weiter, weil sie eher Ausdruck einer inneren Festigkeit ist, welche zu einer entschlossenen Kraft wird, als eine träge Hülle, die uns einschränkt.

Weisheit beginnt damit, die Dinge beim Namen zu nennen. Es ist deshalb so schwer den Sinn zu finden, weil es nicht ein Sinn ist, sondern auf eine merkwürdige Art alle sind. Du kannst dein Vermögen vermehren wollen. Du kannst Ausländer ohne gute Argumente aus dem eigenen Land vertreiben wollen, oder das hübsche Mädchen ansprechen, welches vor dem Bücherregal steht. Egal was wir tun, wir wollen es machen, damit wir direkt oder indirekt den Zustand der Ruhesynomyme schaffen.

Der ganze Hass auf Geflüchtete begründet sich doch nur, wie ich vermute, auf das beunruhigende Gefühl, dass diese die eigene Sicherheit gefährden. Das Gefühl der Unsicherheit wird mit Anspannung begleitet. Sicherheit dagegen macht uns gelassen. Wir wissen dann, uns kann nichts passieren, denn wir sind sicher. Memento Mori – Sei dir deiner Sterblichkeit bewusst. Wir können uns nicht sicher sein morgen noch zu leben. Gewiss ist es sehr wahrscheinlich, aber die Sicherheit des Überlebens ist nicht gegeben. Ein paar Beispiele, was passieren könnte: Du erleidest einen Herzinfarkt; du rutscht aus oder stolperst und fällst irgendwo runter; ein Unfall im Straßenverkehr – sind eher wahrscheinlich als – ein Terrorist läuft dir über den Weg, du verschluckst dich an einer Mücke; ein Meteorit, Blitz oder Flugzeug fällt auf dich.

Sicherheit ist wie Glück oder der Zustand der Ruhesynonyme nicht ewig andauernd. Wir können uns Sicherheit schaffen, gerade wenn wir langfristig denken, ist dies sinnvoll, dennoch bleibt Sicherheit vergänglich und unsicher, radikaler gesagt: eine Illusion.

Kommen wir zu etwas mit Sicherheit Verwandten. Das Streben nach Macht ist vielen in Form der krankhaften Sucht danach bekannt. Eine Volkskrankheit unter Diktatoren und anderweitigen Alleinherrschern. Dennoch sollte man nicht vergessen, dass es ein normales Streben nach Macht gibt. Wir alle wollen und haben Macht. Macht besteht aus den Möglichkeiten zu machen. Und meist wird mit unserem Machen angestrebt etwas zu ändern, das uns Unruhe bringt. Wissen und Geld sind Formen der Macht, ebenso wie die politischen oder militärische Macht. Macht wird nochmal relevant im nächsten Kapitel, indem es um die Notwendigkeit der Konflikte geht. Wenn wir in der Lage sind, die Situation zu unserem Vorteil zu ändern – man der Herr der Lage ist – dann stellt sich auch eine Ruhe ein, denn wir vermögen die Konflikte zu lösen.

Wachstum ist die sich aufbauende Macht, und obwohl wir die Konflikte noch nicht lösen können, werden wir es in absehbarer Zeit können. Wachstum ist allgegenwärtig, besonders in der Natur. Im Mesokosmos ist es meist das Lernen, das Trainieren, das generelle besser Werden in etwas. Wachstum zählt somit auch zu den Ursachen der Ruhe. Kapitel 6 geht auf konkretes, lebensnahes Wachstum ein.

Schwer zu widerlegen ist es, dass wir Triebe und Bedürfnisse haben. Freud formulierte zwei Haupttriebe; den Liebestrieb (*Eros*) und den Todestrieb (*Thanatos*). Für mich gibt es, was Triebe und Bedürfnisse angeht, riesiges Potenzial der Differenzierung, bedingt durch die Komplexität der Realität. Mir scheint es evident zu sein, warum die Nichtbefriedigung der Triebe zu der Negation der Ruhe führt und umgekehrt. So ist es wohl bei den meisten Bedürfnissen, welche uns in unsere Geschichte als Menschheit begleiten. Die Triebbefriedigung ist von Zeit zu Zeit notwendig, um uns als Organismus gesund zu halten, muss aber auch argwöhnisch beäugt werden und, falls es zu viel des Guten wird, entschlossen gemäßigt werden. Denn das müssen wir einsehen: die Triebe sind eine starke Kraft und wachsen schnell in ein Verlangen zur Überdosis, welche per Definition schädlich ist, heran. *„Alle Dinge sind Gift, und nichts ist ohne Gift; allein die Dosis machts, dass ein Ding kein Gift sei." - Paracelsus (1538)*

Einige sehen den Sinn des Lebens im "leben", womit sie nicht das alleinige Überleben oder Existieren meinen, sondern vielmehr etwas Spannendes, Abenteuerliches, Abwechslungsreiches, Genussvolles. Für mich ist es der Ausdruck der eudämonistischen Ideale, die irgendwie alle, außer Depressive, zu haben scheinen. Wir wollen glücklich sein. Wobei ich hier einfügen möchte, dass ich den Begriff glücklich als Synonym für Zufriedenheit als unglücklich gewählt erachte. "Glücklich" stammt von "Glück", welches auch eine vorteilhafte, zufällige Begebenheit meint. In der englischen Sprache wird unterschieden zwischen lucky und happy. Lucky ist aber gerade gemeintes Glück und Happy ist fröhlich und ausgelassen. Ich werde versuchen so wenig wie möglich den Begriff "Glücklich" zu verwenden. Wir wollen fröhlich sein. Und genau da wird es schwierig, das fröhliche Leben nicht als oberste Vollkommenheit zu betrachten, gerade weil Wirtschaftsunternehmen einen Vorteil für sich durch diese Geisteshaltung in uns erhalten. Um herauszufinden, was der höhere Sinn von beiden (Ruhe oder Glück) ist, müssen wir entscheiden können, was erstrebenswerter ist, damit darüber ist.

Wenn fröhlich SEIN das Endziel unserer Existenz wäre, dann würden wir alle sehr schnell uns mit Drogen voll pumpen und unsere Existenz käme zum Schluss. So ist der Sinn des Lebens nicht das Ziel unsere Existenz zu beenden, sondern das Endziel unseres Seins. Zwischen Sein und Existieren ist ein Unterschied. Einen vergänglichen Zustand zu haben, kann schwer der Sinn sein. Der Sinn ist Tätigkeit und Handlung. Ich würde niemanden vehement widersprechen, der spricht der Sinn sei fröhlich WERDEN. Und trotzdem sehe ich das so: Fröhlichkeit führt zu einer Ruhe, Ausgelassenheit und Sorglosigkeit. Ruhe ist keine Ursache für Fröhlichkeit. Fröhlichkeit ist eine Ursache für Ruhe.

Einige sehen den Sinn des Lebens im leben. In der Tätigkeit des Existierens an und für sich oder im bewussten Existieren. Und das ist auch schön und gut, nun kann diese Ansicht aber nicht Selbstmord oder lebensgefährliches Verhalten erklären. Wenn wir leben wollen, wieso wollen manche von uns lieber sterben? Mit leben ist also gut leben gemeint. Und ich widerspreche in keinster Weise, das gut leben gut ist. Diese Manchen schaffen sich langfristig Ruhe, indem sie ihr unruhiges und leid bepacktes Leben beenden.

Die Ruhe hat viele Ursachen, wie wir im vorausgegangenen erkennen. Sie kann sich auch als Konsequenz der Ursachenpluralität an Materie binden (Geld, Alarmanlage, Automobile, Marihuana). Aber die Ruhe kann auch – und das ist der ruhebringendere Fall – durch das Subjekt aus dem Subjekt entstehen. Indem wir uns in stoischer Weise auf die Konflikte vorbereiten oder sie und deren Konsequenzen schlichtweg akzeptieren. Es ist ein Ding der Gewöhnung, was unsere Affekte mit uns machen.

Die Akzeptanz von Schlechtem, Schmerz, Abwesenheit von Glück, Ungerechtigkeit und Verlust ist mächtiger, langfristiger und erstrebenswerter als die Aversion, welche zum Vermeiden führt. Das Vermeiden kann nicht immer gelingen und wir werden das Unangenehme spüren. Nur logisch und praktisch ist es, sich auf die Konflikte vorbereitet zu haben.

„Denn nur diejenigen trifft es hart, die unvorbereitet überrascht werden, leicht hält derjenige durch, der jederzeit vorbereitet ist." -Seneka

So ist der Kampf und die Wachsamkeit besser als die verzweifelte, zum Scheitern verurteilte Flucht. Was Ruhe angeht, scheint mir kein Mittel so kraftvoll wie die Philosophie, deren Aufgabe darin bestehen soll, den beständigsten Weg zu zeigen und die anderen Pfade und deren Folgen uns bewusst zu machen.

Wer immer noch zweifelt und Christ ist, kann sich die Bergpredigt durchlesen, in der Jesus stark die Ruhe propagiert. Jeder, der lesen kann, ist in der Lage etwas von einem Stoiker wie Seneka, Mark Aurel oder Epiktet oder (er ist fast Stoiker) Epikur zu lesen. Selbst die Buddhisten können als Hilfe hinzugezogen werden. Sowie tausend andere Methoden und Narrative.

Jeder sollte die für sich möglichen Pfade entdecken und beschreiten, welche langfristig sich und anderen Ruhe schaffen. Die Pfade, welche sich zum Bergkamm an allen Hängen hoch hangeln sind zu zahlreich. Aber falls du direkt anfangen willst, nenne ich ein paar dieser: Meditation, guter Schlaf, Ernährung, Sport, Charisma und Lernen.

Und selbst wenn du mir nicht zustimmst, dass Ruhe das Erstrebenswerteste ist, so kann doch jeder zugeben: Wir alle leben ein Leben und dieses kann einen Sinn haben oder keinen, aber mit einem Sinn hat das Leben mehr Sinn.

Zusammenfassung:

- *Einen Lebenssinn zu haben ist sinnvoll.*

- *Die Ruhe wird von jedem bewusst oder unbewusst ständig angestrebt.*

- *Es gibt viele beschreitbare Pfade.*

Kapitel 5 – Die Akzeptanz und absolute Notwendigkeit von Konflikten

Wenn also das Ziel des Lebens Ruhe schaffen ist, wieso ist das Leben so aufgeregt und durcheinander? Wieso ist nicht alles ruhig? Wieso gibt es Konflikte, diese ewige Unruhe?

Das Leben ist ein buntes Wollknäuel aus Stacheldraht.

Die Frage nach dem Grund der wieder und wieder auftretenden Konflikte und Unruhen in unserer Realität ist eine sehr alte Frage und kennen wir eher in der Formulierung: „Warum gibt es das Schlechte (wahlweise das Böse) in der Welt?"

Ein Konflikt ist im Mikrokosmos das Aufeinandertreffen zweier Teilchen, bei der Kraft auf beide einwirkt und die Bewegung der Teilchen geändert wird. Im Makrokosmos ist ein Konflikt das aufeinander Treffen großer Massen mit starker Gravitationskraft, die ebenso kollidieren und ihre Bewegung ändern. In unserem Mesokosmos ist es deutlich vielfältiger als in den oberen beiden vereinfachten Aussagen. Wenn wir Menschen Konflikt hören, denken wir an einen Streit oder einen Krieg. Und im Grunde sind dies natürlich auch Konflikte, es geht aber noch differenzierter. Im Duden hat "Konflikt" die Bedeutung: *„Durch das Aufeinanderprallen widerstreitender Auffassungen, Interessen o. Ä. entstandene schwierige Situation, die zum Zerwürfnis führen kann"*

Darunter fallen nicht nur die offensichtlichen Situationen, wie eine Diskussion, sondern gerade die alltäglichen und unbemerkten Manipulationen, durch Werbung, durch gesellschaftliche

Konventionen, durch Medien, andere Menschen und Gesetze. Aber auch Muskelkontraktion, um etwas zu bewegen oder zu stoppen, stellt schon ein Konflikt dar, da die Masse ihren Zustand – bewegt oder unbewegt – wegen der Trägheit der Masse nur aufgrund einer externen, einwirkender Kraft ändert.

Konflikte haben drei Kategorien: Die Vielschichtigkeit, Intensität und Relevanz. Diese Faktoren können stark variieren. So ist eine einzige Liegestütze meist kein vielschichtiger oder intensiver Konflikt. Je mehr Liegestützen wir machen, desto intensiver wird der Konflikt. Wenn du eine machst, um morgens wach zu werden, ist der Konflikt zudem weniger relevant, als wenn du eine Pistole an den Kopf gedrückt bekommst und dir angedroht wird, erschossen zu werden, falls du keine Liegestütze machst. Die Vielschichtigkeit stellt die Breite der kausalen Umstände in der Kausalkette dar, welche durchschaut werden sollten, um die Ursache des Konfliktes verstehen zu können, während die Intensität die ausgeübte Kraft von dem Konflikt und die Relevanz die Wichtigkeit unter Berücksichtigung der Zeit für die Ruhe darstellt.

Nach dem Aufzeigen, was ein Konflikt ist, können wir die Frage jetzt episch und eindrucksvoll beantworten. Warum gibt es Stürme, die Wohnhäuser vernichten, die Krankheiten, die jeden befallen und töten können, oder Diebstahl, Vergewaltigungen, Mord, Umweltverschmutzung, Krieg, Hass?

Folgendes scheint generell zu gelten: Sobald sich etwas bewegt, kann es einen Konflikt geben, weil es mit etwas anderem kollidieren kann. Bei Materie entstehen also ständig Konflikte, da Materie sich ständig bewegt. Das wird als Betrachter des Mesokosmos nicht offensichtlich, aber schauen wir uns die molekulare Ebene an, ist es gerade bei lebendigen Konstrukten völlig selbstverständlich, dass die Moleküle/ Atome/ Elektronen usw. nie stillstehen. Der absolute Nullpunkt stellt zwar eine komplette Unbewegtheit der Teilchen dar, ist aber auch nur vorübergehend in einem geschlossenen, toten System erreichbar. Bewegung entsteht durch Energie, sei es elektrische, chemische, kinetische oder thermische. Wärmeenergie erhöht die Brown'sche Teilchenbewegung und je wärmer etwas wird, desto mehr geraten die Teilchen aneinander, was zum Verwürfnis führen kann, also dem Abspalten von Materie oder den Wechsel in einen anderen Aggregatzustand. Wenn Energie vorhanden ist, gibt es Bewegung. Wenn Bewegung eine Möglichkeit des Aufeinandertreffens zweier Kräfte ermöglicht, wird es Konflikte früher oder später geben.

Also wird, solange sich die Galaxien umeinander drehen und die Protonen sich nicht mit den Elektronen vertragen, solange Lebewesen Stoffwechsel betreiben und sie wachsen und gedeihen, solange wird es Konflikte geben.

Die Welt ist eben so geschaffen, dass es Konflikte gibt.

Im Großen, Mittleren und Kleinen, auf allen Ebenen, treten sie ständig auf und lassen sich nicht umgehen. Die Flucht, das Ausweichen oder das Lösen der Konflikte ist nicht dauerhaft, langfristig möglich oder nötig. Vielleicht ist gerade deswegen der Umgang mit dem anscheinend Schlechten essenziell für eine gute Lebensführung.

Die Bewertung von Ereignissen kann nur mit einem Vergleich stattfinden. Für diese Erkenntnis erst mal sechs Beispiele.

Warum will Gott - angenommen er existiert nach zeitgenössischem, populären christlichen Verständnis - nicht das Leiden in der Welt enden lassen? Wenn wir nur im Paradies leben würden, wie könnten wir denn glücklich darüber sein keine Schmerzen zu haben. Wenn wir keine Schmerzen kennen, können wir nicht vor Begeisterung in der Schmerzlosigkeit plantschen. Das

Leben würde nach dieser Idee also als Vorbereitung auf die Perfektion des Himmels dienen.

Messungen sind der Vergleich von etwas Vorhandenem mit einer festgelegten Quantität oder Qualität. Geschwindigkeit, Zeit, elektrische Ladungen, Masse und noch viele weitere Messeinheiten sind Vergleiche. Wir können sie messen und eine genormte Einteilung vornehmen. Auch die Naturkonstanten sind hilfreich bei dem Vergleich von Messungen und Einteilungen. Die Welt lässt sich durch Vergleiche verstehen.

Wir haben Neurotransmitter und Rezeptoren. Wenn nun stetig umgangssprachliches Dopamin ausgeschüttet wird, tritt ein angenehmer Zustand ein. Da Dopaminmoleküle ebenso wie die Rezeptoren endlich sind, wird eine extrem hohe Dopaminkonzentration den Effekt nicht in das Unermeßliche steigern können. Auch können nicht zu viele Dopaminmoleküle produziert werden, da eine Homöostase dafür sorgt ein Gleichgewicht aufrecht zu erhalten. So wechselt sich das "Glücklich sein" mit dem "Unglücklich sein" ab.

Für die Vorbereitung einer hohen Aktivität zur Reaktion auf Stresssituationen gibt es ein System, welches vereinfacht gesagt als Gaspedal fungiert. Der Sympathikus aktiviert in uns bestimmte Mechanismen, welche in Gefahrensituationen sehr hilfreich sind, um besser zu kämpfen oder zu flüchten. Aber auch die Bremse, der Parasympathikus, ist wichtig, weil sie uns ermöglicht nach der vorherigen Situation wieder in einen ungestressten Zustand zu gelangen. Eine Entspannung kann nur nach einer Anspannung entstehen.

Die meisten Menschen merken erst wie gesund sie waren, nachdem sie krank wurden. Wie schön das Wetter war, nachdem es zu kalt oder zu heiß, zu trocken oder zu nass etc. wird.

Der Vergleich, welcher stattfindet, um den Status Quo zu bewerten, ist in seiner Ausführung auf das Bekannte und Erlebte reduziert. Er ist der Grund warum sehr wohlhabende Menschen, wenn sie vergessen was durchschnittlich ist und ihre erlebten Ereignis als normal ansehen, trotzdem unglücklich sein können. Ihre Bedürfnisse können wachsen und wachsen bis sie nicht mehr ausreichend befriedigt werden können, was zu einer inneren Unruhe führt. Jene haben dann keinen normalen Vergleichswert mehr, sondern nur die noch Reicheren. Generell gilt, dass, sobald wir zwei unterschiedliche Ereignisse miteinander aufgrund ihrer Nützlichkeit vergleichen, es ein Besseres und ein Schlechteres gibt. Obwohl beide Ereignisse vorteilhaft sein können, ist das weniger Nützliche das schlechtere Ereignis. Das ist ein weiterer Grund, warum es das Schlechte immer geben wird. Selbst wenn alles gut ist, wird es etwas relativ schlechteres in der Nähe geben.

Auch müssen wir wechselnde Zustände erleben, um jeden einzelnen Zustand exakter bewerten zu können.

Keine Ruhe ohne Unruhe. Um den erstrebenswerten Zustand zu schaffen, müssen wir also paradoxer Weise das Gegenteil erleben. So wird jeder noch so Aggressive sich so verhalten, um Ruhe zu bringen. Aber unruhig zu sein, führt nicht automatisch zu einer Ruhe. Ruhe hat viele Ursachen, die im vorherigen Kapitel schon grob kategorisiert wurden. Um Ruhe zu erlangen sollte die Ruhe langfristig geschaffen werden und gewisse Geisteshaltungen unterstützend für das Schaffen der Ruhe vorhanden sein.

Wir stellen uns vor: die Welt lebe in Frieden. Alle Nationen außer Zwei: "Die Streithühnerlande" und "Die Meckerziegennation" Die Streithühner sind Experten darin Konfliktpotential zu finden, möge es noch so klein und unrelevant sein und über diese potentiellen Streitpunkte zu streiten, als ginge es um Leben und Tod. Sie geraten in aufgebrachte Diskussionen, wer denn dafür verantwortlich sei und üben konstant übertriebene, beleidigende Kritik an allen, die potenziell einen Fehler gemacht haben könnten. Direkt daneben liegt die wehleidige Meckerziegennation, die leider auf einem riesigen Sumpf des Selbstmitleids errichtet wurde. Dauernd versinken darin Bewohner und klagen über ihr Leid und die Ungerechtigkeit, die sie erfahren, vergessen aber dabei, dass jede Nation mit ihrem Staatsterritorium zu kämpfen hat. Selbst die "weise Schildkrötendemokratie" ist sich einig, wenn die Möglichkeit entsteht, sollte die Meeresströmungsinfrastruktur etwas schneller strömen. Darüber beklagen sie sich nicht, sondern akzeptieren es. Die Meckerziegen hingegen sind das Gegenteil von blind. Sie schauen sich um, lesen "das Maul am Sonntag" und sehen alles Schlechte. Auf jeder Geburtstagsfeier wird verdeutlicht, dass das Geburtstagskind ja leider wieder ein Jahr älter ist und damit näher am schrecklichen, hässlichen Tod steht.

Beide Staaten hegen einen uralten Hass aufeinander. Die Streithühner machen die Meckerziegen verantwortlich dafür, dass sie zu laut meckern und somit jeden verrückt machen würden. Sie fordern einen von allen Nationen organisierten, utilitaristischen Genozid an den Meckerziegen, damit diese Übeltäter endlich weg sind. Die anderen friedlichen Nationen belächeln diesen lächerlichen Vorschlag, sind aber sichtlich genervt von den unaufhörlichen, pessimistischen Proteste mit dem Slogan : „Ihr seid Mörder! Womit haben wir das verdient?" Ungewöhnlich für einen Protest ist die resignierte, traurige Haltung der Protestanten, die in Interviews sagten: „Mein Leben ist richtig scheiße, ich habe eh nichts anderes zu tun." Die Kämpfe dagegen sind sehr konfliktreich und werden wahrscheinlich noch lange weiter gehen.

Was man aus der Geschichte lernt, ist, dass es weit interessanter ist über die zwei Unzufriedenen in einer Welt voll von Ruhe und

Zufriedenheit zu schreiben und zu lesen, als sich mit dem Grund für die Gelassenheit jener zu befassen. Diese Fokussierung auf das Schlechte, welche auch die beiden Staaten überspitzt besitzen, ist etwas Wichtiges für unser Überleben gewesen. Aber in der Moderne sind wir größtenteils so sicher, dass dieser Fokus schlichtweg nicht mehr nötig ist. Es gibt noch genug Probleme und diese können eine Gefahr für das Überleben unserer Spezies sein. Nur ist es nicht mehr der schleichende Säbelzahntiger, sondern die schleichende Umweltverschmutzung, der Klimawandel (usw.). Ich meine alle menschengemachten, langfristigen Bedrohungen. Diese als relevant zu erkennen ist an und für sich nicht schwer, wäre da nicht ständig die Dauerbeschallung der "Meckerziegen-Pressen" und "Streithühner-Zeitungen". Wir können in dem Meer von schlechten Neuigkeiten den Blick für das Relevante verlieren. Zudem wird uns seltener Gutes gezeigt. Aber auch die Menschen im Allgemeinen fliehen freiwillig in Scharen ständig der unangenehmen, harten Realität.

Deswegen sind wir selbst in der Verantwortung das Schöne und Gute zu sehen. Nicht mit einem naiven Ausblenden der schlechten Dinge. Viel mehr mit einem Vergleich und einer Bewertung der Relevanz, denn Relevanz ist relevant.

Wenn wir eine Platte voller Kuchenstücke haben, sollten wir nicht das Eine beweinen, dass von einem bösen Nachbarsjungen stibitzt wurde oder schon so lange da steht und jetzt schlecht riecht.

Wichtig ist, dass wir uns immer wieder von Neuem bewusst machen, wie viel gutes auf der Platte noch liegt und die Sachen, die schlecht werden, entfernen bevor die noch guten Stücke auch anfangen zu schimmeln.

Natürlich werden Zustände wie Gesundheit oder eine funktionierende Beziehung zu einem Partner oder einem Familienmitglied oft übersehen, aber ich möchte all die Pessimisten auffordern sich wirklich an wahrhaftigen Quellen über das Ergehen der Welt zu informieren, denn der positive Fortschritt ist ein meist vergessenes Käsekuchenstück. Sehr viel hat sich verbessert und das ist auch wissenschaftlich festgehalten. Die zwei Pole Verschlechterung und Verbesserung existieren. Eine Prognose zu machen, wie genau die prozentuale Verteilung liegt, liegt leider noch nicht in meiner Macht (Ich würde 35-65 raten). Auch sollte man sich die psychologischen Studien über den Optimismus und seine gesundheitlichen Folgen zu Herzen nehmen.

Was die Objekte repräsentierenden Kuchenstücke anbelangt: Ich behaupte, dass Alles was wir haben, alle materiellen Objekte (auch unser materieller Körper) uns nicht gehört. Sie wurden uns gegeben (von der Natur, Gott oder dem Schicksal), oder wir haben sie uns genommen. Sie können uns ebenso auch wieder genommen werden. Die Kausalkette erscheint uns als zufällig. Alles ist vergänglich. Alles kann also zerstört werden oder verloren gehen. Es gibt Menschen, die sich innerlich aufbringen lassen von dem Verlust geliebter Objekte oder allein der Bedrohung, dass es ihnen abhanden kommen könnte. Doch sie wissen nicht, dass Objekte genau wie andere Subjekte nur bedingt unter ihrem Einfluss stehen. Genau wie die Beispiele für Memento Mori im vorigen Kapitel, ist sicher, dass es keine Sicherheit gibt. Wenn wir unsere Ruhe und unsere Zufriedenheit an etwas binden, welches dem eigenen Einfluss nicht unterliegt, ist beides vom Zufall bestimmt und kurzfristig.

Wenn wir nun also aus den Fehlern anderer lernen und unser eigenes Verhalten anpassen, unsere Persönlichkeit zum Positiven ändern, können wir ein gutes, ruhiges Leben führen, welches sich auf kein sandiges Fundament gebaut hat, sondern auf entschlossenen Fels. Das Verhalten des Ichs kann für manches der schlechten Dinge, in der für das Individuum relevanten Welt, verantwortlich sein.

Das Verhalten ist eine der zwei Waffen gegen das Schlechte. Aber während das Verhalten gegen die vom Individuum beeinflussbaren Feinde kämpft, ist die Geisteshaltung die Waffe gegen alle Dinge, die sich unserem Einfluss entziehen und schlecht scheinen. Mit den richtigen Geisteshaltungen sind auch die größten Dinge ertragbar: die Umweltverschmutzung, Hungersnöte, Krieg, Tod.

Alle erstrebenswerten Geisteshaltungen zu finden und zu ergründen ist wichtig und unglaublich mächtig. Aber eine Aufgabe, die jeder für sich selbst angehen sollte. Wir dürfen natürlich die Ratschläge der Personen holen, welche die Wege zur Ruhe kennen, aber diese zu verstehen und zu befolgen bleibt jedem von uns selbst überlassen.

So bleibt es dir überlassen zu verstehen, dass Ereignisse neutral sind und durch die vielschichtige Kausalität der Kausalkette entstehen. Erst die intuitive Bewertung dieser durch das Individuum, welches die Relevanz anhand der Nützlichkeit oder der Schädlichkeit erforscht, macht diese zu Konflikten, wenn nachteilige Konsequenzen auftreten.

Schlecht (Definition): Das Ereignis ist für das betrachtete Subjekt oder Objekt nicht tuhebrimgend.

Gut (Definition): Das Ereignis ist für das betrachtete Subjekt oder Objekt Ruhe bringend

Zu unserem Vorteil trägt die Komplexität der Realität dazu bei, dass ein Ereignis gut für jemanden sein kann und gleichzeitig schlecht für jemand anderen. Das können wir am deutlichsten an einer Räuber-Beute-Beziehungen erkennen. Aber unser Wollen ist auch nicht als in sich einstimmiges handelndes Individuum zu betrachten. So entstehen in unserem Wollen konstant Interessenkonflikte. Als berühmtes Beispiel die Rivalität des Es gegen das Über-Ich.

Manche kennen bestimmt den Drang danach eine Person, welche einen gezielt provoziert, körperlich zu attackieren und die Hemmungen gegen diese Handlung, da Körperverletzung strafbar ist und mentale Schwäche zeigt. Beide inneren Interessen treten gleichzeitig in den Ring und die boxenden Kängurus kämpfen auf Sieg oder Niederlage um das Handeln bestimmen zu können. Die gegenwärtigen, äußeren Umstände entscheiden genauso über die Stärken der Interessen, wie die Erziehung und das sozial Umfeld. Die Priorität der Interessen, welche das Maß der Stärke im Interessenskonflikt darstellt, ist unterschiedlich.

Daraus solltest du mitnehmen, dass Konflikte auf den ersten Blick gegen die eigenen, relevanten Interessen gehen, jedoch es ein Bedürfnis gibt (genannt Wachstum (auch eine Ursache von Ruhe)), welches die Natur essentiell prägt, sie am Leben erhält und in uns allen wächst. Dieses Bedürfnis wird erfüllt, wenn wir an den Herausforderungen stärker werden. Um körperlich stärker zu werden, müssen wir trainieren. Trainieren ist sich freiwillig und bewusst Konflikten auszusetzen, um an ihnen zu wachsen. Aber auch wenn wir nicht freiwillig oder bewusst Konflikten gegenübertreten, werden wir von Mal zu Mal in dem Überkommen von sich Gleichendem besser. Indolenz lässt sich sehr einfach trainieren, indem man barfuß über einen Schotterweg schreitet. Mit der Geisteshaltung, dass wir an Konflikten wachsen, gehen wir offener und kampfbereiter an diese heran, was leicht vorteilhafte Folgen in der Zukunft nach sich zieht. Aus Fehlern können die Willigen lernen. Kombiniert mit der Erkenntnis, dass es immer Konflikte gibt und es unmöglich ist diesen auszuweichen, sind Konflikte, obwohl viele sie als negativ ansehen, auch positiv.

Das ist kein naiver Optimismus, der annimmt alles sei gut und wird gut. Du musst selber aktiv werden und die Kausalitäten verstehen. Dann dein Handeln und deine Geisteshaltungen anpassen, sodass man das Wachstumspotenzial auch nutzen kann. Die Zukunft wird nur besser, wenn man Verantwortung übernimmt und sie selbst besser macht. Ein Teil wird immer Schlecht bleiben - genau wie es immer Gutes geben wird. Und vieles liegt erst gar nicht in unserer Macht.

Probleme und Konflikte werden immer gelöst, wenn nicht durch das Eingreifen eines Individuums, dann durch die Zeit. Welcher Konflikt löst sich nicht mit der Zeit? Etwas geht verloren und wird nach ein wenig Zeit wieder gefunden. Jedes Problem, welches ein Subjekt verspürt, löst sich spätestens bei dessen Tod auf. So wird auch irgendwann eventuell das Universum "sterben" und alle Konflikte sind damit verschwunden.

Zu Ende dieses Kapitels möchte ich nochmal darauf hinweisen, dass die Relevanz der Konflikte relevant ist. Viel zu oft beschweren wir uns über Ereignisse, welche fast komplett irrelevant erscheinen, wenn wir unseren Blick weiten oder das große Ganze betrachten. So hat mir ein weißer Junge erzählt, dass er in seinem Leben noch schwarz werden will. Dieser Konflikt erscheint mir persönlich als sehr irrelevant. Manche Konflikte sind so irrelevant, dass wir sie nicht einmal lösen sollten.

Zum Ende, weil es in dieses Kapitel passt, ergänze ich: Keinen Grund für Unruhe ist der beste Grund für Unruhe.

Während dem Schreiben des Kapitels hatte ich viele verschiedene innere und äußere Konflikte und habe mehr auf die Konflikte von anderen geachtet. Noch jetzt habe ich einen Konflikt mit mir selbst, da ich nicht zufrieden bin mit dem Kapitel. Es ist zu lang und total durcheinander. Die Aussagen und die Struktur sind zwar sinnvoll, aber ich denke, dass dieses Kapitel durch die große Varianz sehr schwer zu verstehen ist; dass ich es hätte besser machen könnte. Es vielleicht einfacher schreiben sollte. Auch die Übergänge sind (wie meine Deutschlehrerin sagen könnte) nicht organisch.

Ich bin trotzdem fertig mit dem Kapitel und demonstriere damit, Konflikten können wir nicht ausweichen. Selbst ein geübter Philosoph, wie ich es bin, hat Konflikte und kann sie teilweise weder lösen noch akzeptieren.

Zusammenfassung:

- Konflikte sind überall und unvermeidbar.

- Konflikte sind für Ruhe notwendig.

-Wir sollten sie akzeptieren und mit ihnen umgehen lernen.

Kapitel 6 – Gewöhnung und Anpassung

Dusche dich jeden Morgen mit eiskaltem Wasser. Laufe barfuß über Schotter. Trainiere regelmäßig deinen Körper. Meditiere. Tue irgendetwas Unangenehmes bis es zur Gewohnheit geworden ist. Du wirst sehen, dass allmählich dein Körper und dein Geist sich daran gewöhnen und anpassen. Natürlich gibt es auch Ereignisse, an die wir uns nicht gewöhnen können, aber es sind weniger als wir annehmen.

„Auf die Dauer der Zeit nimmt die Seele die Farbe der Gedanken an"
– Mark Aurel

Was wir oft denken und tun, formt und ändert uns. Als Ziel dient das Schaffen von Ruhe, welches unter anderem angestrebt wird, indem wir unser Verhalten im Bezug zur Umwelt über längere Zeit anpassen, sodass wir mit ihr harmonieren und sie optimal Ruhe bringend für uns, aber auch für unser Umfeld, ist.

Die Realität scheint zufällige Ereignisse zu haben. Wenn wir nicht genau hinsehen, lässt sich schwer erfassen aus welchen Ursachen etwas stattfindet. Vielleicht sind die Ereignisse, welche in unserer Welt passieren teilweise zufällig, oder unser endlicher, begrenzter Verstand kann die komplexe Kausalität nicht nachvollziehen. Vielleicht gibt es auch Gott. Das sind drei möglichen Kerne der Realität:

1. Zufall

2. Kausalketten

3. Gott/Götter

Zukünftige Ereignisse und deren Konsequenzen lassen sich nur bezüglich der absehbaren Zukunft erraten. Uns sicher fühlen, dass dies oder jenes passieren wird, ist nicht unmöglich, aber je weiter wir in die Zukunft blicken wollen, desto verwaschener werden alle ungeplanten Flecken. Was du morgen zum Frühstück isst, weißt du wahrscheinlich. Was frühstückst du aber in einer Woche oder einem Monat oder einem Jahr oder 20 Jahren? Es ereignet sich ständig etwas, was wir nicht voraus gesehen haben. Wichtig zu verstehen ist, diese Begegnungen werden kommen wie die immer wieder auftretenden Konflikte.

Wir können uns an Ereignisse gewöhnen, wenn sie regelmäßig genug auftreten. So werden wir uns an die Begegnung mit dem Eiswasser aus dem Duschkopf gewöhnen, wenn diese Begegnung oft genug wiederholt wird. Für eine Gewöhnung sollte der Abstand zwischen den Ereignissen nicht zu klein sein, weil wir sonst eine Überbelastung erfahren und negative Konsequenzen auftreten. Der Abstand sollte auch nicht zu groß sein, sonst sind die Begegnungen nur Sonderfälle, welche keine langfristige Gewöhnung hervorbringt. So kann man pro Woche jeden Tag 15 Liegestützen machen oder jede Woche an einem Tag 105 Stück.

Während das Gewöhnen an etwas einen passiven Charakter hat, ist das Anpassen aktiv. Gewöhnung kann auch bewusst betrachtet und unterstützt werden, indem wir die zur Gewöhnung benötigten Ereignisse gewollt herbeiführen. Eine gewonnene Gewöhnung fällt, wenn überhaupt, erst im Nachhinein auf. Wir könnten Anpassung als aktives und Gewöhnung als passives Lernen beschreiben.

Lebende Organismen sind an ihre ökologische Nische genetisch gewöhnt oder passen ihren Aufenthaltsort ihren Bedürfnissen an, indem sie sich in ein geeignetes Habitat manövrieren. Das Leben im Allgemeinen ist eine Geschichte von erfolgreichen Anpassungen und Gewöhnungen an die Umwelt. Evolution ist schließlich nichts anderes als die zufällige Änderung von körperlichen Merkmalen über eine lange Zeit kombiniert mit einer natürlichen Selektion, welche die angepassteren Arten in einer bestimmten Umgebung im Überleben und somit der Weitergabe des Erbgutes begünstigt.

Wir Menschen hingegen haben durch die drei Komplexitäten die Fähigkeit der langfristigen und effektiven Anpassung von lokalen Begebenheiten gemeistert. Wir benutzen Bagger, Architektur und Chemikalien, um unsere Umgebung für unsere Bedürfnisse effektiv brauchbar zu machen.

Bergbauminen, Staudämme, Gerichtsgebäude, Bordelle, gedüngte Felder, Weltraumstationen usw. Alles durch Menschen Erbaute ist eine erstaunliche Sache. Bestimmte Tiere wie zum Beispiel Biber oder Vögel bauen auch Strukturen, um in diesen zu wohnen, aber diese sind deutlich einfacher und kurzfristiger.

Doch auch bevor wir sesshaft wurden, waren wir effektiver als alle anderen Tier- und Menschenarten im Anpassen. Unsere Lernfähigkeiten ermöglichte uns schnell Strategien gegen neu auftretende Konflikte zu bilden. Wir sind die erste und einzige Spezies, welche sich in jede Klimazone verbreitet hat, ohne das sich unsere Physiologie und Gene ändern mussten. Wir haben fast alle gigantischen Raubtiere aus diesen Ökosystemen zum Artensterben gebracht, obwohl wir im direkten Zweikampf gegen diese den Kürzeren ziehen würden. Diese extrem gut ausgeprägten Fähigkeiten Anpassen und Gewöhnen sind als Eigenart der Homo Sapiens zu verstehen.

Sie sind unser Markenzeichen, unser Erfolgsrezept, unser Nonplusultra. Wir beherrschen die Erde, die Luft, den Weltraum. Wir passen uns an, gewöhnen uns an die widrigen Umstände und kooperieren um die Herausforderungen zu überkommen.

Bevor ich aber die praktischen Anwendungen der Erkenntnis ausführe, muss ich auch über die "gewöhnliche" Schattenseite informieren.

Es ist an und für sich nicht verwerflich oder unnatürlich Bedürfnisse befriedigen zu wollen. Das erst mal vorweg. Ich habe mir nach und nach die meisten meiner Bedürfnisse bewusst gemacht und es sind verdammt viele. Auch habe ich ausprobiert, was passiert, wenn ich einige Bedürfnisse nicht befriedige. Es ist ziemlich unangenehm und sogar ungesund. Aber das heißt nicht, dass wir unsere Bedürfnisse immer vollkommen befriedigen sollten. Ich bin ein Teil meiner Generation und leider nicht frei von unseren zeitgenössischen Fehlern. Meine Abhängigkeit von dem Internet und dem Smartphone, sowie ein Bedürfnis nach Zucker und eine Vermeidung von Stille. Die wertvollen Dinge in unserem Leben werden davon bedroht, dass wir uns an sie gewöhnen. Bei Kinder ist das wohl am Offensichtlichsten. Manchmal weinen sie, falls sie irgendein Objekt nicht bekommen und kaum erhalten sie dieses vorher für sie wahnsinnig wertvolles Ding, wird es ihnen gleichgültig.

Je länger wir etwas besitzen, desto anfälliger ist es wertloser für uns zu werden.

Das gilt einmal für solche vergänglichen Funktionsgegenstände wie ein Smartphone oder ein Auto. Gewisse Menschen scheinen es für notwendig zu halten sich jedes Jahr aufs neue den neusten Zauberkasten zu erwerben. Bei Autos, besonders Statussymbol-fähigen, muss nicht ständig ein neues her, aber im Alltag vergessen wir schnell, wie groß der Aufwand der Fortbewegung ohne eine solche Kraftmaschine wäre. Ich habe schon nach einer Woche gemerkt, dass ich mein erstes eigenes Auto deutlich weniger enthusiastisch besetzt habe. Auch kann die Dankbarkeit für die Existenz der uns wichtigen Menschen rapide verschwinden.

Unzufriedenheit stellt sich ein, wenn wir immer mehr wollen oder denken zu brauchen.

Wie kritisch sehe ich die konstante Benutzung von Schmerzmitteln, die Sucht nach absoluter Sauberkeit und diesen unnötig häufigen unnötigen Erwerb von Objekten und Konsum von Dopaminauslösern? In einem natürlichen Maß sind diese Umstände notwendig oder irrelevant, aber im umgekehrten Massen sind sie sehr schnell und besonders langfristig schädlich.

Dieses verzweifelte Festhalten am Glücklichsein und die damit verbundene tiefe, demotivierende Enttäuschung ist nicht erstrebenswert.

Es bleiben die Konflikte im Leben, egal was wir tun. Seien es die Äußeren oder die Inneren. Wir können Konflikte lösen, aber es kommen ständig Neue. Das bedeutet nicht, dass wir in langweiliger Resignation ein besseres Leben führen, als im angespannten Verhältnis zu diesen Wachstumspotenzialen. Phlegmatische Unproduktivität im Angesicht von Problemen stellt eine Form von Ruhe und Gelassenheit dar – gewiss – aber nach dem Konflikt einer Art ist vor dem Konflikt der gleichen Art. Erst wenn wir beginnen uns gegen die Konfliktart zu organisieren und uns eine funktionierende, langfristige Abwehr gegen die bald Wiederkommenden aufzubauen, nimmt unsere Unruhe langzeitig ab. Bekämpfe also nicht nur akute Probleme, sondern schaue hinter den Horizont auf die anrückenden Armeen des Schicksals, schaue woraus diese bestehen, wie die Kämpfer des Unvorteilhaften bewaffnet sind und bereite deine eigenen Streitkräfte vor. Wer vergisst Voraussicht walten zu lassen, dem reißt das Schlechte große Wunden. Also sende deine Späher aus und wisse das unbemerkte Feinde im Rücken den meisten Schaden anrichten können. Und eine gewonnene Schlacht bedeutet noch keinen gewonnenen Krieg.

Erinnere dich. Du bist auf dem Weg zu einem Treffen und aufgeregt. Stell dir die schlimmstmögliche Weise vor wie das Event ablaufen kann. Je schlechter, desto besser. Und schaue dir dann die Konsequenzen an. Was wären die Konsequenzen und wie würdest du danach weitermachen? Diese Übung kann man auch meditativ alleine Zuhause machen. Setz dich auf einen Stuhl, schließe die Augen und stell dir vor was dir schlechtes passieren könnte. Auch hier sollten wir nicht vor den erschreckenden Ereignissen zurück schrecken. Die Eltern sterben morgen und was machst du dann? Du bekommst Krebs. Du verlierst deine Zunge. Du hast morgen eine Erkältung.

Warum das alles? Ist das nicht nur noch mehr belastend für unseren eh schon ununterbrochen geplagten Geist? Der Nutzen ist das Bewusstwerden über die sich möglicherweise ereignenden, schlechtesten Ereignisse und weitergehend über das Wesen von kleinen, irrelevanten Konflikte. Jemand nimmt dir die Vorfahrt. Na und? Hauptsache du kommst bei deinen lebenden Freunde an. Zudem Dankbarkeit. Dankbarkeit ist mächtig. Dankbar sein erleichtert uns das Leben und schafft Frieden.

Wenn eine Konfliktart immer wieder auftaucht, ist das Anstreben einer Resistenz oder sogar Immunität durch den Prozess der Gewöhnung ein langfristig gutes Vorhaben. Indolenz und Disziplin können sehr praktisch sein, je nachdem was wir erreichen wollen.

Deshalb ist Ataraxie bei Stoikern und Epikureern ein zentrales Ideal. Die Akzeptanz von Schmerz und dem Schlechten ist nicht so wichtig, wie die Akzeptanz der Vergänglichkeit von Glück und Entspannung, weil wir mit unserer im Tierreich unvergleichlichen Macht uns gegen die Interessen der hier personifizierten Natur wenden. Die Natur ist in ihrer Reaktion langsam, aber die Konsequenzen unserer Verfehlung werden wir spüren. Ganz der Natur können wir heute schwer dienen, da unser System auf der Ausbeutung von Ressourcen, welche in der Natur ruhen, beruht. Die Natur war seit je her ein sehr guter Richtwertgeber, sei es die Physik mit den Naturkonstanten oder unsere Lebensführung. Zur Gesundheit gehört dazu, dass wir wissen wie viel Schlaf wir benötigen. Die Natur zeigt uns wie viel wir brauchen und wie regelmäßig.

Als nächstes wenden wir den Blick auf eine lebensnotwendige Eigenschaft, die uns alle töten könnte.

Zusammenfassung:

- *Wir können uns an viel gewöhnen oder anpassen.*

- *Sich an das Gute zu gewöhnen hat Nachteile.*

- *Sich an das Schlechte zu gewöhnen ermöglicht langfristigere Ruhe.*

Kapitel 7 – Kurzfristigkeit

Es gibt viele Menschen die Wege beschreiten, um den Zustand der Welt zu erhalten. Und genau wie bei der Sinnfrage sind sich diese über ihr gemeinsames oberstes Prinzip ihres Handelns unbewusst oder bewusst einig. Die Priorität von Langfristigkeit ist die einzige Änderung in den Köpfen der Menschen, die wir brauchen, um dafür Sorge zu tragen, dass die Erde, wie sie ist, nicht menschenleerer wird. Um zu beweisen warum Langfristigkeit größtenteils vorteilhaft ist, werde ich zeigen, was Kurzfristigkeit langfristig unerstrebenswert macht.

Kurzfristiges Handeln bezieht nur die unmittelbaren Auswirkungen in die Entscheidung mit ein. Wenn wir kurzfristig handeln schauen wir, was es uns in den darauf folgenden Momenten für Ruhe bringende Vorteile bringt, wenn wir dies oder jenes tun. Oder wir tun einfach aus Gewohnheit, was wir sonst in solchen Situationen machen. Die Entscheidung kann für unsere zukünftige Gelassenheit entweder gut, irrelevant oder schlecht sein. Wenn wir Glück haben, werden wir durch unsere Entscheidung, welche sich deren Langzeiteffekte nicht bewusst war, in Zukunft Vorteile erfahren, welche aber wie gesagt für uns rein zufällig und nicht gewollt herbeigeführt sind. Viel viel öfter werden die anderen Fälle eintreten.

In den häufigsten Fällen wird kurzfristig durchdachtes Agieren den Zweck erfüllen, dass wir uns in der unmittelbar anstehenden Gegenwart so fühlen, wie wir beabsichtigten. Wie wir uns danach fühlen, kommt stets auf das Wesen der Effekte an. Also ist die

Frage: Warum sind Dinge, die wir in diesem Moment wollen, nachteilig?

Ich schreite direkt zu dem passenden Beispiel der Drogen. Diese sind kurzfristig wirklich effektiv in der Wirkung, die sie entfalten. Diese Wirkungen sind erstaunlich oft Gelassenheit, Entspannung, Ausgelassenheit oder Zufriedenheit, also der Zustand der Ruhesynonyme. Aber je nachdem wie viele unerstrebenswerte Nebenwirkungen diese entfalten, können sie das eigene Leben in eine sehr unangenehme Richtung schieben. Ich denke an soziale, geistige, körperliche und finanzielle Entmachtung. Dinge, die zum Teil irreparabel sind und so das gesamte folgende Leben beeinflussen. Ich sage nicht, dass wir nach einer Abhängigkeit von einer Droge nie mehr zufrieden sein werden und ein sehr schlechtes Leben an dem Rand der Gesellschaft leben müssen ohne Hoffnung auf Besserung. Es ist nur nach diesen sich wiederholenden und kurzfristigen Handlungen deutlich schwerer tugendhaft zu werden.

Abhängigkeiten nehmen uns generell immer ein Stück Freiheit. Mit Kurzfristigkeit erreichen wir keine Tugenden und die meist egoistischen Wünsche, nach denen wir kurzfristiges Handeln orientieren, bringen dem egoistischen Individuum meist mehr Nachteile und eine Negation des Lebenssinnes, sodass Kurzfristigkeit das Ziel der egoistischen Handlungen, welche diese Entscheidungenart bestimmen, verfehlt. Diese These begründet sich auf der Weise wie wir Menschen unsere Weltdominanz erst erreichen konnten. Symbiosen und Kooperationen sind der Grund, warum die meisten von uns ohne viel Aufwand und Mühen friedvolle Lebensumstände genießen können. Unsere Spezies ist genetisch beeinflusst Stämme und Sippen zu formen. Alleine starben wir. Wir brauchten Hilfe von anderen Mitgliedern unserer Spezies; und die Anderen brauchten uns. Wir brauchen Hilfe und müssen helfen, auch wenn es erst anstrengend und Unruhe bringend ist. Im Winter für meine Familie Feuerholz aus unserem Holzlager im Garten zu holen, war stets unangenehm, aber meine Eltern machten mir auch immer was zu essen, auch wenn sie dafür mehr Zeit in der Küche verbringen mussten. Auch mein Vater arbeitete nicht wenig und beschwerte sich nicht, dass er seinen Lohn einsetzte, um Essen nicht nur für ihn, sondern auch für uns zu kaufen. Und wenn jetzt ein egoistischer Mensch auf die Idee kommt, es sei ja besser 100% des eigenen Verdienst zu behalten, weil er habe dann ja mehr, kann er nicht damit rechnen von anderen freiwillig einen Anteil von ihrem zu bekommen. Er hat somit weniger und steht alleine dar. Sein Egoismus macht ihn nicht nur einsam, sondern verwehrt ihm auch Unterstützung und Hilfe von seinen Mitmenschen.

Eine egoistische Handlung zielt auf unseren Vorteil ab und lässt die Interessen von anderen außen vor. Nur sind unsere kurzfristigen Handlungen meistens für uns nachteilig, aber für manch anderen vorteilhaft. Zum Beispiel führt eine kurzfristige Kaufentscheidung, aus dem gefühlten Drang mit dem gekauften Produkt endlich glücklich zu sein, zu Machtverlust und dem Profit irgendwelcher Verkäufer, welche uns wissentlich mehr versprochen haben – ohne es auszusprechen – als wir erhalten. Dagegen ist eine langfristige Kaufentscheidung, welche die Vor- und Nachteile und weitere Folgen für uns abwiegt, seltener dazu verdammt unglücklich das Erworbene als etwas schlechtes zu erkennen.

Und ich habe noch nicht mal begründet, wie denn durch Kurzfristigkeit unsere Umwelt, unsere Lebensgrundlage, zu unnötig und zu stark geschädigt wird. Das muss ich nicht machen, weil es nicht allzu unverständlich ist und die meisten Menschen kommen auch von selbst drauf, aber um den Feind der Menschheit allen bewusst zu machen, meine These über die Weltzerstörung durch Kurzfristigkeit zu äußern und schon mal kurz Lösungsvorschläge zu geben, werde ich ein kurzes Kapitel einschieben.

Zusammenfassung:

- Kurzfristigkeit bringt meist Nachteile in der Zukunft.

- Kurzfristigkeit zerstört irreparabel.

- Kurzfristigkeit macht uns unfrei.

Kapitel 8 – Der Feind

Wer ist der Feind der Menschheit? Wie handelt er und warum? Wenn ein bestimmter Artikel vor ihm steht und ich ein Kapitel über ihn schreibe, muss er wohl relevant und mächtig genug sein. Auch nennen wir etwas nicht Feind, was wir nicht bekämpfen können. So ist dieser wahrscheinlich ein Lebewesen, denn abstrakte Begebenheit wie Zeit oder Zerfall sind zwar Hindernisse, aber kein Gegner. Sie agieren nicht. Und wie schon im Synonym Ant*agonist* anschaulich ist, ist der Gegenspieler ein Agierender. Nur etwas Lebendiges kann aktiv agieren. Aber welches Lebewesen ist wohl das Mächtigste auf der Welt? Wenn Macht die Fähigkeit etwas zu ändern ist, dann ist der Mensch mit seinen drei Komplexitäten und seiner Anpassung und Gewöhnung wohl unumstritten das mächtigste Lebewesen, welches wir kennen.

„Homo homini lupus", (Der Mensch ist dem Menschen ein Wolf) sagte Hobbes. Aber seine Inspiration aus der römischen Komödie Asinaria von Plautus lässt den wichtigsten Teil aus, denn ursprünglich ist geschrieben: lupus est homo homini, non homo, quom qualis sit non novit. Das bedeutet frei übersetzt: Der Mensch ist des Menschen Wolf, wenn er sich nicht kennt. Es ist wichtig, dass dieser menschliche Gegner die Menschen nicht kennt. Wie soll das möglich sein? Auch evident ist, dass Menschen erst durch Kooperation ihre volle Macht erhalten.

Konzerne sind der Feind. Was macht sie zu unserem Feind? Die kurze Antwort ist: Kurzfristigkeit. Wer zerstört die Erde, drescht die Regenwaldbäume um, will mehr von der Natur, als sie uns unbeschadet geben kann? Ich sehe die Natur nicht als fühlendes, denkendes Wesen, aber die Personifikation soll verdeutlichen, dass Sie alles Leben ermöglicht. Ohne die zahlreichen Bedingungen, welche für die Existenz von Lebewesen gebraucht werden, vergehen wir in der Non-Existenz, der ewigen, höchsten Langeweile (falls es keine transzendentales Wesen mit Bewusstsein gibt), welche jenseits jeder Einteilung in Ruhe und Unruhe liegt. Die Erde ist der Urgrund, die Grundvoraussetzung für alles uns bekannte Denkende und Lebende im Universum. Sie ist endlich. In ungefähr 5 Milliarden Jahren wird sie von der explodierenden Sonne zerrissen, zerschmolzen, pulverisiert, und in ungefähr 500 Millionen Jahren könnte wegen der zunehmend intensiven Sonnenstrahlen die Erde nur noch ein toter Felsbrocken im All sein, aber die Unbewohnbarkeit unsere Heimat muss ja nicht beschleunigt werden.

Obwohl die Voraussetzungen so zahlreich sind, gibt es schon bei ein paar Ausfallenden große Probleme für viele Lebewesen. Wenn sich die Temperatur, die Zusammensetzung der Luft, die Intensität der Strahlung, die über Jahrtausenden stabilen Ökosysteme oder die Menge an Süßwasser ändert, sind die Folgen extrem. Und genau so etwas machen nun mal spezifische (nicht alle) Unternehmen in einem Maß, welches tatsächlich unvorhersehbare, nicht wieder gut machbare Langzeitauswirkungen mit sich bringen. Die Menschen, welche dort diese fatalen und womöglich bald auch zunehmend letalen Entscheidungen treffen, denken in Quartalen, Quoten, Boni und Löhnen. Sie sehen die unter Menschen universell akzeptierte Projektion der Macht: Geld. Wenn man etwas sich nimmt, welches durch seine Beschaffenheit einen Nutzen und somit einen Wert hat und nicht selbst erschafft, sondern in der Natur vorfindet, muss man es nur wie gewünscht bearbeiten, Leute finden die es wollen und Tada! Profit.

Dieses Handeln, welches die langfristigen Konsequenzen ignoriert, also durchaus Kurzfristig genannt werden kann, ist besonders nicht Ruhe schaffend, weil zufälligerweise diese Konsequenzen die Zerstörung unserer Lebensgrundlage sind. Ob den Managern und den Unternehmungsleitungen die Folgen bewusst sind und bewusst ignoriert und verdrängt werden oder ob ihnen diese Erkenntnis fehlt, weil sie mit komplexen Plänen des Raubbaus beschäftigt sind, weiß ich nicht. Welcher wäre wohl der beunruhigendere Fall?

Wie sollte und könnte er bekämpft werden, dieser Feind? Ihn abzuschaffen ist zu schwer und nicht Ruhe bringend für viele Menschen, weil Unternehmen uns die Muße geben, die viel zu oft verschwendet wird. In der Antike hatten die Adligen nur Muße, weil sie viele Sklaven hatten. Muße ist etwas Wunderbares. Nur das Verhalten des Feindes muss geändert werden, sodass er kein Feind mehr ist. Entweder durch Steuerung und Regulation von Außen (vielleicht durch den Staat oder die Politik) oder durch eine Änderung in der Geisteshaltung der Verantwortlichen. Meine Hoffnung ist, dass die logischen Vorteile von Langfristigkeit genug Menschen überzeugen können, weg von der weitreichenden Zerstörung unserer irdischen Existenz zu gehen und richtige Entscheidungen zu treffen. Auch muss den Unternehmen nicht ihre heißgeliebte Ausnutzung von ihren Angestellten weggenommen werden, nur die Handlungen, welche unsere Erde in einen Zustand bewegt, in dem wir nicht mehr leben wollen.

Zusammenfassung:

- *Bestimmte Unternehmen vernichten systematisch mit kurzfristigen Entscheidungen unsere Lebensgrundlage.*

- *Entweder wir ändern ihr Verhalten (z.B. mit Regeln oder Konversation).*

- *Oder wir akzeptieren, dass die Zukunft grau wird.*

Kapitel 9 – Langfristigkeit

Kurzfristigkeit ist also ungeeignet, um der Menschheit das Überleben zu ermöglichen. Ich will meinen Tugendkanon teilen und den Zusammenhang zwischen ihnen und Langfristigkeit benutzen, um beider Erstrebenswertigkeit zu verdeutlichen. Ich merke mir die Tugenden mit Körperteilen: Stirn, Augen, Brust, Bauch, Beine, Füße und Hände. Denn die Tugenden nach meinem Verständnis sind: Unbrechbare Geistesstärke, Voraussicht, Erhabenheit, Gesundheit, Freiheit, Eintracht und Anstand.

Tugenden sind Formen unseres Wollens. Tugenden sind Tätigkeiten, Handlungen, Haltungen, Zustände, Ideale und Perspektiven. Sie sind Teil unserer Persönlichkeit, unseres Charakters. Tugenden sind essentiell immer noch im Übermaß Ruhe schaffend. 'Zu viel' ist per Definition schlecht. Zu viel des Guten ist nicht gut. Aber die Tugenden als Einheit haben kein Zuviel. Jede Tugend ist notwendigerweise an das Prinzip der Langfristigkeit gebunden. Jede Tugend kann auch anders genannt werden, so gab es in der Geschichte schon oft verschiedene Tugendkanons mit verschiedene Namen. Nicht jeder Kanon ist gleich, aber doch ähnlicher als die Worte vermuten lassen.

Langfristigkeit baut unsere Wege von einem unruhigen Trampelpfad durch einen Dornenbusch zu einem sicheren, beständigen und vor allem Ruhe bringenden Wanderweg mit malerischer Aussicht aus. Außerdem bringen wir in unserer Umgebung Frieden. Wenn wir alle zufrieden werden, dann müssen wir nicht die Erde um und unter uns ausbeuten, in dem verzweifelten und widerlichen Versuch noch "glücklicher" zu sein. Was sind also diese erstrebenswerten Handlungsideale und wie werden wir tugendhaft?

Unbrechbare Geistesstärke

Geistesstärke ist ein Synonym für Willenskraft und die Macht unseren Willen zu machen. Diese Macht drückt sich unter anderem in der Fähigkeit der Selbstkontrolle, der Konzentration, des Gedächtnisses aus. Jeder besitzt unterschiedlich trainierte Geistesstärke. Diese Tugend beschäftigt sich mit Steuerung unseres Wollens und damit auch unserer Handlungen. Besser gesagt mehrerer, zeitlich ungleichzeitigen Handlungen, welche wir durchführen sollten, um unser Wollen zu erfüllen. Wozu brauchen wir Geistesstärke? Es gibt wenige Handlungen, welche keine Energie brauchen um getan zu werden. Meist nimmt die Anstrengung von anstrengenden Tätigkeiten über einen Tag zu je mehr wir von ihnen tun. Ein passendes Bild ist ein Akku. Er wird entleert und wieder befüllt. Wenn unsere Geistesstärke gebrochen, der Akku leer ist, dann wird es unmöglich für unseren Willen durch unseren Körper zu Handeln, weil der Wille nicht mehr will. Eine größere Kapazität lässt sich antrainieren und das Wiederaufladen mit Nahrung, Sport, Schlaf und Meditation ist belebend.

Voraussicht

Voraussicht ist eine Perspektive auf zukünftigen Ereignissen. Wenn wir voraussichtig sind, erkennen wir die Wahrscheinlichkeit von unterschiedlichen, zukünftigen Begegnungen. Wir sehen vor uns, indem wir die Kausalketten ansatzweise verstehen und somit zutreffender raten. Je größer unsere Voraussicht ist, desto beruhigter können wir barfuß über Waldwege flanieren.

Wenn wir sehen, was Furchterregendes auf uns zu kommt, können wir versuchen es abzuwenden. Wenn das nicht möglich ist, dann werden wir es besser akzeptieren können. Durchschauen wir die kausalen Zusammenhänge, bleibt viel der negativen Aufregung aus. Bei Voraussicht ist die Anwesenheit der Langfristigkeit unverkennbar. Wie im ersten Kapitel erläutert wurde, ist unsere Realität unglaublich komplex, deshalb bleibt unsere Voraussicht begrenzt. Und dennoch werden wir mit Voraussicht unsere guten Absichten in gute Resultate verwandelt sehen.

Erhabenheit

Sie ist der Trotz, der Widerstand, der Unwillen sich bei Unruhen und Zufall weinerlich, resigniert in eine Ecke zu verkriechen. Michelangelos Plastik "David" ist ein Wahrzeichen der Erhabenheit. Gelassen steht David im Kontrapost, den Feind Goliath entschlossen ins Auge gefasst und in seiner rechten Hand über die Schulter gelegt seine Waffe: eine einfache Steinschleuder. Er steht einer muskulösen, gerüsteten und wohl kurzsichtigen Übermacht entgegen. David stellt sich in den Weg und durch geschickte Kampfweise und Voraussicht wird er gewinnen. Er braucht dafür keinen Gott.

Erhabenheit ist die entspannte und entschlossene Haltung nicht vor der kommenden Herausforderung in die Knie zu gehen oder die Flinte ins Korn zu werfen, sondern zu überlegen, wie die Chancen auf einen Sieg stehen und wie wir diese Wahrscheinlichkeit durch Intelligenz und unsere Fähigkeiten verbessern können. Wenn der kommende Konflikt nicht zu gewinnen ist und das Ausweichen weniger negative Folgen aufweist als das Verlieren, dann wird ein geordneten Rückzug für unser Wachstum erstrebenswert sein. Durch Erhabenheit können wir über Unruhe bringenden Ereignissen stehen, um langfristiger Ruhe zu schaffen.

Gesundheit

Wenn wir gesund sind, sind wir im Besitz all unserer Kräfte. Krankheit ist Mangel. Die Häufigkeit von gesund Sein und krank S ein nehmen wir intuitiv verkehrt herum wahr. Der Normalzustand ist die Krankheit. Wenn wir glauben wir seien gesund, dann wurden wir noch nicht gründlich genug untersucht. Ist es sehr unwahrscheinlich, dass dem Körper auf lange Zeit nicht an irgendetwas fehlt oder zu viel von etwas hat. Ein komplexer Organismus benötigt ständig Teile und Umformungen.

Krankheit ist normal, manchmal angeboren oder immer wiederkehrend. Wir müssen aktiv für unsere Gesundheit sorgen. Die Methoden dazu sind meist sehr simpel und anwendbar. Kaltduschen ist ein guter Anreger für das Immunsystem, zudem erweitern wir die Willenskraft. Meditieren stärkt bewiesen die Herzkohärenz und baut Stress ab. Sport ist eine Wunderwaffe und hat sehr viele gesunde Auswirkungen. Weiterhin ist man, was man isst. Unsere Nahrung ist die Energie für Uns. Wenn wir giftige Nahrung aufnehmen, kommt Energie zusammen mit Schadstoffen in uns hinein . Und natürlich ist die Schulmedizin auch ein guter Helfer.

Wir können nicht gesund sein, aber es versuchen. Ich will so lange es geht leben. Das Erdenleben ist interessant und herausfordernd. Wenn jemand frühzeitig diese Welt verlassen möchte (und ich spreche hier nicht von Mars-Kolonisation), kann er natürlich gerne rauchen, Alkohol trinken, wenig Sport machen und Fast-Food essen. Das ist seine freie Entscheidung.

Freiheit

Wir können frei handeln. Die Welt so begehen wie wir wollen. Freiheit ist eine Haltung. Freiheit befreit uns von dem Zwang nur eine Handlung tun zu können. In manchen Fällen wird ein Zwang uns vielleicht Ruhe schaffen, aber wenn nicht, dann wünschten wir befreit von der Notwendigkeit dieser schlechten Handlung zu sein.

Freiheit ist heute glücklicherweise etwas sehr Wichtiges. Im Grundgesetz ist sie direkt nach der Menschenwürde gewürdigt.

„Art 2 (1) Jeder hat das Recht auf die freie Entfaltung seiner Persönlichkeit, soweit er nicht die Rechte anderer verletzt und nicht gegen die verfassungsmäßige Ordnung oder das Sittengesetz verstößt. (2) Jeder hat das Recht auf Leben und körperliche Unversehrtheit. Die Freiheit der Person ist unverletzlich." - deutsches Grundgesetz

Zu Freiheit und Determinismus will ich noch ein eigenes Kapitel verfassen. Freiheit cool, Freiheit tugendhaft.

Eintracht

Eintracht ist ein altertümliches Wort. Die gemeinte Harmonie mit der Natur ist erstrebenswert, weil Symbiosen per Definition für beide Seiten gut sind, während Räuber-Beute-Beziehungen nur einer Seite nützen. Eintracht ist eine Vorstellung. Natur ist alles was Wachstum und Zerfall unterliegt.

Nur weil wir komplizierte Technologie haben und wir im anthropozän Alter leben, sind die Prinzipien der Biologie und der Ökologie nicht unwirksam. Wir müssen dafür nicht barfuß durch den Wald laufen oder Bäume umarmen, es reicht schon aus nachzudenken. Was brauche ich? Was brauchen andere? Und auch hier ist eine langfristige Herangehensweise der Schlüssel zu einem Leben mit Akzeptanz von Konflikten mit Wachstum und Zerfall.

Anstand

Anstand ist eine Intuition. Durch Anstand können wir intuitiv in alltäglichen Situationen ohne lange ethische Überlegen anzustellen spüren, was der Gesellschaft gut tut und was ihr schadet. Eine Gemeinschaft braucht Vertrauen und Kooperation. Anstand ist eine anthropologische Konstante.

Wir leben länger, wenn wir anderen helfen und Geschichten austauschen. Aristoteles ahnte schon, dass wir nicht darauf ausgelegt sind alleine zu sein. Wir haben ein Bedürfnis nach anderen. Grob gesagt streben wir mit Anstand an, dem Gegenüber nicht ins Gesicht zu springen oder von ihm ins Gesicht gesprungen zu werden, sondern einen höflichen, ehrlichen und empathischen Austausch ohne den anderen auszunutzen oder zu verletzen.

Wenn wir vertrauen können, wird Leben leicht. Es gibt wohl nichts bekanntes Lebendiges was durch Kooperation mächtiger ist als Menschen. Vertrauen und eine gute Beziehung aufzubauen braucht Zeit.

Jede Tugend ist mit Langfristigkeit verbunden. Langfristigkeit und Kurzfristigkeit sind relativ zu einander. Ich bin der Überzeugung, dass wenn wir nach den Tugenden streben, werden wir eine bessere Welt verlassen, als wir vorgefunden haben. Wenn es auch nur im Kleinen ist.

Zusammenfassung:

- Mein Moralsystem basiert auf einem Tugendkanon.

- Langfristigkeit und Tugend hängen eng zusammen.

- Tugenden machen Leben ruhiger und gelassener.

Kapitel 10 – Ein Punkt über Weltrettung

Die Welt lässt sich nicht retten. Dafür wird die Mehrheit gebraucht und nicht nur Einzelne. Diese Bastarde mit ihrer kleingeistigen Weltsicht! Geld und mehr Geld und dann noch ein schönes Auto und noch ein schönes, großes, modernes Eigenheim. Einen hübschen Ehepartner und brave, süße Kinder. Viel Alkohol oder Rauchen oder Shisha oder noch schlimmer und öfter: viel social-media, viel Fernsehen, viel Zocken. Viel Hedonismus. Hedonismus ist Kurzfristigkeit. Aber immer diese normalen Menschen! Die denken zu wenig darüber nach und machen zu wenig. Ich hoffe wir können diese Arbeitsesel und Hedonisten von der Relevanz dieser Aufgabe überzeugen.

Eine Bekannte antwortete, als ich sagte: „Ich will die Welt erhalten, weil ich nichts besseres zu tun habe", „Wir sollten nichts besseres zu tun haben, als die Welt zu erhalten."

Zudem ist eine Rettung der Erde nicht möglich, weil es mehr eine Erhaltung ist. Es ist die Erhaltung der Menschheit, anderer Tiere, Biodiversität und vielleicht vom Leben selbst.

Die Welt ist laut Hans Rosling statistisch betrachtet über die letzten Jahrhunderte immer besser im Bezug auf die individuelle Freiheit und Gesundheit geworden. Und vielleicht wird die Umweltverschmutzung größer gemacht, als sie ist. Wahrscheinlich aber ist sie ziemlich ernst und bedrohend. Selbst wenn nichts Großes abzuwenden ist oder wäre, sollten wir auf unsere Handlungen achten und die Konsequenzen dieser. Aufmerksam und wachsam. Die Welt ist schnell geworden und undurchsichtig komplex, aber der Versuch zählt.

Kapitel 11 – Die Rettung des Subjekt

Haben wir einen freien Willen? Das Problem an der Frage ist nicht der Wille, weil den haben wir. Wir wollen Dies oder Das, leben oder sterben. Das Problem ist das Freie.

Aber was sind diese Grenzen und Abhängigkeiten? Gewisse Abhängigkeiten entstehen und bestehen durch Naturgesetze und das Wesen von Lebewesen immer. Die Bewegung eines Objektes ist abhängig von der Kraft. Wie auch Geschwindigkeit oder ein Aufprall davon abhängig ist. Der Ausdruck meines Bewusstseins ist an Materie und Energie gebunden. Und der Gedanke liegt nahe: Wenn unser Bewusstsein abhängig ist von Materie und Naturgesetzen und verantwortlich ist für den freien Willen, dann sei unser Wille nicht frei.

Zuerst sollten wir auf der gleichen Seite sein, was die Bedeutung der Begriffe betrifft. Der Determinismus beschreibt eine Sicht der Welt, welche annimmt, dass es eine festgelegte, unabänderliche Kausalkette gibt. Durch diese Art der Kausalität wäre jedes kommende Ereignis schon im Beginn der Bewegung bzw. Zeit vorherbestimmt und unabänderlich. Es ist eine starke Position mit guten Argumenten, aber es fehlt dem Determinismus an etwas: unsere Erfahrung frei entscheiden und frei handeln zu können. Im Moment ist der Kern der Realität nicht empirisch beweisbar. Einige vermuten das Universum als durch Naturgesetze determiniert. Andere vermuten, dass zufälligen Ereignissen auf der Ebene der Quanten gibt.

Unser Bewusstsein von uns ist schon etwas uneindeutiger. Wir sind uns uns bewusst. Ein Problem mit Bewusstsein ist, dass es Realität ist, aber es trotzdem schwer nachgewiesen werden kann. Hat eine Ameise ein Bewusstsein? Oder eine Koralle? Wahrscheinlich nicht, unwahrscheinlich schon, aber wie sollen wir das wissen? Aber was ist mit Schweinen, die wissenschaftlich bewiesen auch Gefühle und psychologische, soziale Bedürfnisse haben? Wohl eher sollte ich Schimpansen, Bonobos, Orang-Utans, Gorillas oder Rhesusaffen als Beispiel nennen, diese bestehen regelmäßig den Spiegeltest. Zudem sind sie uns biologisch ziemlich nah verwandt. Aber ist der Spiegeltest ein Beweis für Bewusstsein? Haben sie ein Bewusstsein?

Um es mir einfach zu machen, definiere ich Bewusstsein anders als gewöhnlich.

Bewusstsein (Definition): Die Fähigkeit eigene Gedanken, eigene Existenz und die Konsequenzen eigenem Verhaltens aktiv zu betrachten und zu reflektieren.

Um es mir noch mal einfacher zu machen, nehme ich an, nur der Genus Homo habe ein Bewusstsein, was sich in dem Verhalten an fiktive Geschichten und Konzepte - wissend, dass sie imaginär sind - glauben zu können, widerspiegelt. Kein anderes Tier tauscht Objekte, welches wir weder essen, trinken noch anziehen können, gegen etwas Praktisches, wie Essen usw.

Bewusstsein ist essentiell für einen freien Willen. Wenn wir keine Möglichkeit haben unser Handeln und Wollen zu betrachten und uns deren Konsequenzen vor Augen zu führen, dann tragen wir keine Verantwortung und sind frei von Schuld und Sünde. Wir haben das getan, was schon von Anfang an determiniert war zu passieren.

Und der letzte Begriff, welchen noch zu klären ist, ist natürlich der freie Wille.

Der Wille in diesem Kontext soll das Antriebspotential und Dezisionsvermögen meinen. Nun aber von was ist der Wille frei? Ich denke, viele die darüber nachdenken, halten nicht inne, um diese wichtige Frage zu beantworten. Ein freier Wille ist erstrebenswert, weil Freiheit eine Tugend ist und Tugenden sehr Ruhe schaffend und langfristig sind. Freiheit hat viele Wege beschrieben zu werden, aber vielleicht trifft es dies auf den Punkt: Freiheit ist Selbstgesetzgebung (Autonomie), die Selbstgenügsamkeit (Autarkie), sein Wollen anders wollen zu können, die Möglichkeit sich selbst zu bewegen. Die Macht sich selbst zu machen.

Die Lösung des Problems ist, welche ich nun ganz unerhört vorwegnehmen: Es kommt auf unsere Definition der Unabhängigkeit unseres Willens an. Ist der Willen unabhängig von Trieben oder Emotionen, von anderen Menschen oder Logik, vielleicht von der Umwelt?

Die Triebe, Dränge, Bedürfnisse und Instinkte. Ob wir davon frei sein können ist ein Versuch. Die Meisten wissen von den Vorteilen, die wir bekommen, wenn wir aufhören nur unseren Trieben nach zurennen. Von den Einflüssen der Triebe können wir frei sein. Es gab Menschen, die haben sich selbst verhungern lassen oder haben keinen Orgasmus vor der Ehe herbeigeführt. Ein Mensch existierte mal freiwillig 64 Stunden in einem Eisblock. Die Triebe sind dennoch noch da, ihr Einfluss ist jedoch schwächer. Also keine absolute Freiheit, aber ein freier Handlungsspielraum. Wir können unser Verhalten nicht frei von Trieben und Drängen entscheiden, durchaus aber frei von deren Einflüssen. Einige Bedürfnisse sollten für die Tugend der Gesundheit erfüllt werden.

Wir können unser Verhalten nicht frei von Trieben und Drängen entscheiden, durchaus aber frei von deren Einflüsse.

Andere Menschen. Ich finde es bemerkenswert, dass wir selten von anderen Menschen frei sind. Neugeborene ohne Kontakt zu Menschen trotz einer perfekt regulierten Umgebung wachsen nicht. Sie sterben. Der Mensch hat wenig Motivation zu leben, wenn er ganz allein ist. Er verliert seine Relevanz für Andere. Aristoteles beschrieb den Menschen als staatenbildendes Tier. Die kleinste Form eines Staates ist die Familie. Unsere Eltern setzen uns in diese Welt, ernähren und beschützen uns (im Idealfall). Sobald wir können, arbeiten wir für sie. Wobei hier die Arbeit nichts Destruktives ist, sondern eine Symbiose (im Idealfall). Der Mensch wird nicht ohne andere Menschen langfristig sein. Egoismus ist Altruismus und Altruismus ist Egoismus. Wir helfen, damit uns geholfen wird. Wir helfen uns, um anderen zu helfen. Wir können erst langfristig ruhig werden, wenn wir gelernt haben mit unserem sozialen Umfeld in Harmonie und Eintracht zu leben. Wir sind abhängig und nicht frei von Menschen. Asoziales Verhalten ist disharmonisch.

Weitergehend ist unser Denken von Logik beeinflusst. Ja, wir können frei vom Einfluss der Logik sein wollen. Wir können die logischen Konsequenzen unseres Wollens nicht berücksichtigten. Das ist möglich, aber sehr nachteilig. Es gibt mehrere Gründe warum Logik und Wissenschaft uns Vorteile bringen kann. Es ist nicht logisch, bei einer Entscheidung nicht auch die logischen Folgen ab zu wägen.

Wer frei von Logik Entscheidungen fällt, sieht das Unruhe schaffende, welches aus seiner Handlung folgt, nicht kommen und wird sich in einer ähnlichen Situation, wie der Kurzfristige wiederfinden. Langfristigkeit und logische Überlegungen hängen miteinander zusammen. Ich möchte klarstellen, dass logisches Denken nicht das Gegenteil von Emotionen bedeutet; das wäre das unlogische Denken. Logik kann Emotionen gebrauchen, wie Emotionen Logik gebrauchen können.

Es ist möglich, dass Absicht und Konsequenz sich unterscheiden. Warum das? Nun Kurzfristigkeit meine ich hier nicht unbedingt und Zufall ist hier auch nicht der Übeltäter. Es ist natürlich wieder der eingeschlagene Pfad für unsere Reise. Hmm, ich meine unlogisches Verhalten. Und nochmal, Unlogik hat wenig mit Emotionen zu tun.

Emotionen sind da. Wenn jemand von ihnen frei ist, dann nennen wir ihn lethargisch oder apathisch. Wir sind nicht frei vom Einfluss unserer Emotionen und das ist auch gut so. Sie beeinflussen unsere Entscheidungen. Auch kulturell spielen Gefühle eine wichtige Rolle. So sollen mir Emotionen ein Beispiel sein für meine These, dass die absolute Freiheit unseres Willens nicht unbedingt erstrebenswert genannt wird und nicht mal utopisch ist. Der Determinismus geht viel zu oft davon aus, dass Beeinflussung automatisch Unfreiheit bedeutet. Und das ist falsch. Beeinflussung ist nicht Festlegung. Freiheit ist nicht die Notwendigkeit unabhängig von etwas zu sein, sondern die Möglichkeit. Freiheit ist auch die Möglichkeit Unfreiheit zu wählen. Wir können uns frei dazu entscheiden Sklave zu werden.

Frei von dem Einfluss der Triebe, frei von asozialem Verhalten, frei von Unlogik und frei von Freiheit ist der freie Wille.

Die Lösung der Frage ist also: Wir definieren den freien Willen so, dass wir ihn haben können. Das Wichtigste ist das Wollen einen freien Willen zu haben.

Den Determinismus zu widerlegen war für mich lange Zeit sehr schwer, weil wenn wir genau hinschauen, fast überall Kausalität zu sein scheint. Die Welt ist nicht unlogisch. Aber determiniert ist sie auch nicht. Wenn wir denken, dass wir keine Wahl haben, dann haben wir keine Wahl. Determinismus ist eine sich selbst erfüllende Prophezeiung. Der praktische Nutzen des Determinismus im Alltag sehe ich im Sündenbock ein. Du willst etwas Schwieriges erledigen, aber "leider" ist der Mensch halt nun mal so – da kannst du nichts machen – faul. Deswegen nimmst du die Entschuldigung dankbar an und ruhst dich auf deinem Arsch aus. Die Mächtigen dieser Welt haben verstanden, dass selbst wenn wir determiniert wären, es viele Nachteile mit sich bringt, an diese Position zu glauben.

Also wir haben einen freien Willen, weil wir diesen so definieren können, dass wir ihn haben. Deterministen legen sich die Steine nicht selbst in den Weg, aber akzeptieren allzu gerne, dass wir vorherbestimmt sind diese Scheißsteine nicht zu umgehen, über sie zu steigen oder sie weg zu kicken. Wir können uns an mehr gewöhnen, als wir denken. Wir können ebenso öfter entgegen unserer "Determinierung" handeln, als wir meinen.

Ich würde hier gerne weiter schreiben mit: Wir brauchen Helden! Leute, die endlich sich trauen, den Problemen dieser Zeit ins Auge zu schauen und diese natürlich auch zu lösen. Individuen müssen sich erheben und die Arbeitspferde müssen mündig werden. Vielleicht wären wir alle besser dran, wenn wir akzeptieren und zugeben, dass niemand die komplexe Wahrheit hat was wir hier eigentlich machen.

Das schreibe ich aber nicht.

Ich denke es bleibt nichts mehr zu sagen über den freien Willen. Letztendlich ist die Frage in sich schon nicht wirklich relevant. Aber sie zeigt, wie ich philosophische Fragen beantworten will. Die

Antwort soll praktisch und Ruhe bringend für das Individuum sein. Dennoch natürlich mit Logik begründet, wobei es eine Eigenart von philosophischen Fragestellungen zu sein scheint, dass obwohl sie schon eine Antike alt sind, keine eindeutige Antwort oder Lösung am Horizont aufgetaucht sind. Das bedeutet entweder, dass die Realität unfassbar kompliziert ist und Sprache sie nur vereinfacht und nicht dafür konzipiert wurde die Realität zu entschlüsseln; oder das aus einem Boxring mit gegensätzliche Argumente manchmal kein Gewinner hervorgeht. Ich hab mal gelesen, dass in der Antike einige Boxkämpfe mehrere Stunden oder sogar einen Tag sich erstreckten. Die Gegner nahmen abwechselnd einen Schlag und teilten einen aus. Beim Schreiben kommt es mir gerade so vor, als seien die Reihen der Tasten auf meiner Laptoptastatur nicht parallel, sondern schräg verlaufen, als würden sie außerhalb meines Sichtfeldes rechts zusammen laufen und eine Party mit meiner Computermaus veranstalten. Monty Python schafft es wirklich unvorhersehbar zu sein. "The meaning of life" ist ein wunderbare Beispiele. Beispielsweise der Kellner, welcher die Kamera von der vorherigen Szene minutenlang über Bürgersteige und Straßen zu seinem Geburtsort führt. War ich schon immer determiniert genau diese Wörter zu schreiben? Bist du determiniert sie zu lesen?

Fakt ist ja, dass du sie liest und ich sie geschrieben habe. Und im Nachhinein war die Machtergreifung von Hitler voraussagbar. Oder wissen wir nachher immer mehr? Btw: Immer ist immer eine Hyperbel! Just saying.

Ist dieses Kapitel eigentlich Kunst?

Die Zeit verdient ein eigenes Kapitel. Früher war ich der Auffassung, über Zeit zu philosophieren sei zu kompliziert und irrelevant, somit die Mühe nicht Wert. Aber jetzt – im Nachhinein – bin ich schlauer (aber immer noch nicht schlau). Zeit ist von der Gegenwart zurück in die Vergangenheit betrachtet linear. Sie sieht aus wie eine unsichtbare Schlange, mit unregelmäßigen sichtbaren Punkten, in der Gegenwart wie ein dickes Chamäleon und die Zeit zur Zukunft betrachtet sieht aus wie Hydraköpfe mit tausenden Hälsen und Köpfen aus Sternenstaub und Rauch. Je unsicherer wir die Ereignisse der Zukunft einschätzen, desto mehr dicke Rauchhälse. Deterministen sehen in der Zukunft nur einen dicken, beim Autofahren behindernden Morgennebel. Der zwar die Straße für 10 Meter zeigt, aber ihnen jede Einsicht in den Gegenverkehr und in alle alternativen Routen verwehrt. Sie haben ein Navi, welches von ihren Eltern und ihrem Umfeld eingestellt wurde, und sie düsen Richtung Erfüllung gegen einen Baum und sterben. Aber in den wenigen Sekunden, in der sie von der Straße fliegen, das Automobil sich in der Luft befindet - alles in Zeitlupe passiert – erkennen sie, wie schön und einzigartig doch die Rinde des Baumes ist und wie der Nebel nur durch ihren Willen und ihre Ablenkung von der Wahrheit ihre Sicht getrübt hat. Sie schauen in den Rückspiegel und sehen all die Wege, welche weg geführt hätten, raus aus dem Tal der Einöde, rauf auf die atmosphärischen Bergkämme, thronend unter dem Dach der Welt.

Ich versuche auszudrücken, dass wenn wir nach hinten schauen viel von dem was jetzt offensichtlich ist, damals noch überhaupt nicht eindeutig war. Und im Bezug auf den Determinismus zu sagen bleibt, dass nur weil wir im Nachhinein feste Kausalität entdecken können, es andere Pfade zu beschreiten gegeben hätte. In der Gegenwart können wir entscheiden, wie wir auf den vor uns liegenden Weg zurückschauen. Ein Weg den wir freiwillig bewandern konnten, oder war es ein Weg zu dem wir dachten gezwungen worden zu sein.

Voraussagen sind manchmal korrekt, aber das können wir vorher nicht wissen. Beweise mir bevor ein Jahr vergeht, dass es nicht möglich ist, dass in genau in einem Jahr, nachdem du dieses Wort gelesen hast, alles was blau ist, grün wird. Die Realität ist zu komplex. Diese Komplexität sorgt für eine konstante Unvorhersagbarkeit. Viele Systeme sind charakterisierbar als Level 2 Chaos. Das bedeutet, dass Voraussagen selber die Ereignisse ändern. Look it up. Genauso ist Singularität erkundenswert.

Voraussicht wird angestrebt. Aber dazu gehört die Akzeptanz der möglichen Hydraköpfe, welche auf uns warten. Die gute Neuigkeit ist, dass wir nur mit einem Kopf am Ende kämpfen müssen.

Ich entschuldige mich für die Nonlinearität dieses Kapitel NICHT. Und wer sich nicht vom freien Willen überzeugen lässt, kann wenigstens über meinen Versuch lächeln.

Zusammenfassung:

- Wiedermal ist die Eigenschaft über die wir reden geil.

- Wir haben einen freien Willen.

- Er ist das frei Sein können von Unwissenheit, asozialem Verhalten und Irrationalität.

Kapitel 12 – Ist der Zufall wirklich zufällig?

J a, ist er. Warum dann dieser Titel? Weil dieses Kapitel den Zufall behandelt. Der Zufall ist einer der drei möglichen Kerne der Realität, aber auch eine Kraft, welche komplett außerhalb des Ichs ist. Jenseits von uns. Unkontrollierbar. Diese Macht, welche der Zufall, die Unvorhersehbarkeit der Zukunft, das Wechselspiel des Gegenwartschamäleon und der rote Faden unserer Vergangenheit, auf uns ausübt, macht unser Leben interessanter. Die Spannung baut sich auf. Wann werde ich sterben? Wie werde ich sterben? Komme ich mit ihr zusammen? Bekomme ich den Job? Kann ich etwas tun, um dieses und jenes für Mich und Andere positiv zu beeinflussen?

Ich weiß es nicht. Ich weiß nicht mal was ich mit "es" meine. Und ihr wisst, dass ich es nicht weiß. Ich weiß, dass ich nichts weiß – oder ich weiß nicht, dass ich weiß. Wir wissen es nicht. Im Streben, gerade wenn wir uns dessen Absurdität bewusst sind, liegt der Sinn. Wenn wir nicht wissen wollen, folgt Unruhe. Langfristigkeit ermöglicht uns langfristige Ruhe, weil diese die Macht ist, welche wir der zufälligen Macht entgegenwerfen. Mit voller Mühe stemmen wir uns gegen das, was wir nicht wissen und kontrollieren. Viel in diesem Kapitel ist nicht neu, aber anders formuliert. Für mich fühlt es sich wie eine sprichwörtliche Ewigkeit an, seit ich schrieb, dass Macht ein Pfad zur Ruhe sei; für dich sind es lediglich ein paar Seiten, seit dem du es gelesen und darüber nachgedacht hast.

Der Zufall könnte das Wesen sein. Was uns zu einer viel grundlegenderen Frage kommen lässt... Warum wissen wir nicht was eigentlich der Realität im Herzen sitzt?

Sollten wir das kosmische Gedicht

nicht

verstehen?

Mit den Reimen durch das Universum gehen

Dass wir wissen, was das Wesen sein kann, ist wahr

und zwar:

Zufall/Kausalität/Gott

Gott ist mir im Moment zu irrelevant. (Tut mir leid falls es dich gibt)

Die Existenz von Kausalität ist lebensnotwendig. Wenn alles zufällig wäre, würden mehr bizarre Situationen auftreten. Aus dem Mund des Lehrers beginnt ein Wasserfall zu schwellen. Dein Kaffee verwandelt sich in Lava. Und der Kerzenständer katapultiert die Zitronenduftkerze wie ein Raumschiff in den Erdorbit.

Ist es nicht evident, dass Logisches kausal und existent ist? Wenn nun aber auch Zufall in unserem Mesokosmos scheinbar unmöglich nicht da ist, ist das Wesen der Realität für uns nicht einfach beides? Ja und Nein. Kommt auf die Geisteshaltung des Individuums an.

Aber im Grunde sollten wir für das Erlangen der Ruhe mit beidem umgehen können: Mit der Kausalität und dem Zufall.

Während die Kausalität dem logischen Individuum leicht zum Verbündetem wird, ist der Zufall ein dreckiger Opportunist, der selbst nicht weiß was er eigentlich will. Er entscheidet nicht nur mit einer Münze wie TwoFace, sondern spielt Roulette, Bingo, Lotto und Mensch-ärgere-dich-nicht gleichzeitig. Die Komplexität der Realität am Arbeitsplatz. Wie gehen wir mit einer Person um, welche keine Konsistenz in seinem Verhalten hat? Die sich wie ein Tripendulum über unseren Pfad schleudert?

Erst mal akzeptieren wir das Dasein des Zufalls. Wir können daran wenig ändern. Dann verringern wir dessen Einflussbereich durch Wissen, Macht und gegebenenfalls Sicherheit. Um schließlich individuelle Wege zum Trotz gegen den Zufall zu finden. Er ist ja nicht immer schlecht für uns. Zum Beispiel erkenne ich mein Glück in Anbetracht der Gene meiner Eltern. Ich habe mit viel in meinem Leben Glück gehabt. Ich habe Angst diese Gaben zu verschwenden.

Zusammenfassung:

- Das wahre Wesen der Realität ist immer noch nicht klar.

- Der Zufall ist eine zufällig gute oder schlechte Macht.

- Es gibt Pfade diesen Einfluss auf uns zu mindern.

Kapitel 13 – Unser Streben nach Macht

In diesem Kapitel wird es um Macht gehen. Über Geschichten und natürlich über die Macht von Geschichten. Die Frage nach der eigenen Identität wird beantwortet und ein skeptischer Blick auf unsere Fiktionen geworfen. Es gibt viele Theorie über Geschichten. Wie sie funktionieren und wie sie uns ändern. Dieses Kapitel ist meine Theorie.

Etwas zu ändern benötigt immer Macht. Macht ist grundlegend nichts anderes als die Möglichkeiten etwas zu machen.

Es gibt wenig, was der Mensch öfter macht als Geschichten. Und es gibt noch weniger was uns mehr, macht als Geschichten.

Geschichten können zudem unsere Sicht auf unsere Realität ändern oder uns in einen von uns Menschen erschaffenen Teil der Realität gehen lassen. Diese Macht gegenüber unserer Wahrnehmung der Wirklichkeit ist genauso beachtlich wie der Einfluss auf unsere Gefühle und unsere Moral.

Mir stellt sich die Frage, wie viel wir eigentlich mit Geschichten erreichen können. Vielleicht nichts ohne sie? Wo sind überall Geschichten? Jedes Buch enthält eine Geschichte und jeder Zeitungsartikel. Jede Fernsehshow, jede Rede, jedes Fußballspiel, jeder Wettkampf, jedes Gebäude, jedes Dorf, jeder Staat und jede Nation, jedes Tier, jeder Planet, jedes Gespräch, jeder Mensch enthält Geschichten. Erinnerungen oder Fiktion, real oder erfunden. Geschichten sind allgegenwärtig. Unbewusst wiederholst und erneuerst du dir konstant die Geschichte deines Lebens und deiner Identität.

Wer bin ich? - Ich bin die Geschichte, die ich mir erzähle – Bin ich nur was ich mir erzähle? - Nein, ich bin auch teilweise die Geschichte, die mir Andere erzählen – Ist es eine schöne Geschichte? - ...Vielleicht

Mit Geschichten vermitteln wir Wissen. Unser Wissen ist eine Geschichte. Geschichten erklären und klären wie die Welt zu sein scheint. „Warum ist alles eine Geschichte?" ist eine interessante Fragen, welche beantwortet wird mit: „Was ist eine Geschichte?"

Geschichte (Definition): Zusammenhängende und aufeinanderfolgende Ereignisse und Begebenheiten.

Jede Kausalität ist eine Geschichte.

Ein weitgefasster Begriff von Geschichten. Wie in Kapitel 3 erkannt, ist Sprache linear und wie im Kapitel über Zeit beschrieben wird, ist Zeit ebenso linear. Somit ist es fast unmöglich keine Geschichte zu erzählen. Auch wenn die Geschichten ganz unterschiedliche Sprachen benutzen und ich im weiteren Kapitel eher Geschichten mit unserer alltäglichen, gesprochener Sprache meine. Trotzdem ist eine mathematische Rechnung ebenso eine Geschichte wie die Auflistung der finanziellen Einnahmen. So haben religiöse Geschichten oft wiederkehrende Symbole. Die Physik bedient sich immer Zeichen, Zahlen und einzelnen Buchstaben.

Meine Jogginghose trägt die Geschichte der Produktionsschritte und des Transportweges in sich in einer Sprache, welche ich nicht decodieren kann. Vielleicht eine spannende Geschichte über Ungerechtigkeit und stille Rebellion in der Textilfabrik. Vielleicht eine schöne Geschichte über Gelassenheit und Bewegungsfreiheit. Wahrscheinlich eine langweilige Geschichte über die Stupidität von Fabrikarbeit und einer täglich murmeltier-grüßenden Routine.

Materie trägt eine Abfolge von Ereignissen und Begebenheiten in sich. Ausgrabungsstücke können Experten auf ihr Alter untersuchen. Hier und da verrät der Gegenstand auch viel von dem, was ihm begegnet ist.

Die Geschichte, welche ich in diesem Buch schreibe, ist eine Geschichte der Suche und des Findens. Eine Geschichte über Sinn und Relevanz. Über Ruhe und Macht. Über mich und dich und die Tatsache, dass wir weniger wissen als wir wollen. Eine komplizierte und doch schöne Geschichte.

Die Geschichte der Menschen ist eine Geschichte von Macht und Intelligenz gegen den Zufall und die Komplexität des Universums, um Ruhe zu erlangen, zu behalten, zu verbreiten und immer wieder zu verlieren. Eine Geschichte von Kooperation und Vereinigung. Eine Geschichte von Überleben über Erhaltung bis zum Wachstum.

Die Geschichten haben eine unglaubliche Macht. Ob wir zum Sterben im Krieg bereit sind, weil ein heiliges Buch mit wunder bepackten Geschichten über einen großen Molo-molo uns beeinflusst oder wir uns hölzerne baguettes magiques im Internet bestellen, weil ein benarbter Brillenträger eine Sonderschule besucht hat.

Politik funktioniert primär über Geschichten. Die Reden der Politiker sind voll mit Geschichten und Zukunftsvisionen. „Wenn wir das machen, dann sieht die Zukunft so und so aus". Politik ist eine Expression von Macht. Mit Macht können wir Ruhe erreichen, aber auch anderen Ruhe nehmen. Das ist ein Weg wie Geschichten uns Ruhe schaffen, aber auch andere Ruheursachen können durch Geschichten stimuliert werden. Komödien bringen uns zum

Lachen. Wir fühlen uns glücklich und werden ausgelassener und ruhiger. Auch Geschichten des Wachstums beruhigen uns. Der Protagonist entfernt sich aus seiner vertrauten Umgebung, begegnet Konflikten, wächst an den Herausforderungen und siegt. Wir erfahren eine Befriedigung durch den gelungenen Kampf des Protagonisten. Die Geschichte zeigt, dass sich die Mühe lohnt. Allein dieses Gefühl gibt uns Zuversicht und Sicherheit, somit auch Ruhe. Auch philosophische Ideen und Erkenntnisse finden vermehrt ihren Weg in unsere Geschichten.

Selbst Bedürfnisbefriedigung steht in der Macht der Geschichten, falls du mit mir konform gehst, dass Menschen ein Bedürfnis für das Hören und Erschaffen von Geschichten haben, was ich weitergehend sogar als anthropologische Konstante bezeichnen würde.

Eine weitere Ursache des Zustands der Ruhesynonyme war schon immer Sicherheit. Und spätestens seit der kognitiven Revolution (ca. 70000 Jahre vor Heute) erfinden wir Geschichten, um uns das Wesen der Realität zu erklären. Von dem 3. potenziellen Kern (Gott/ Göttin/ Götter) gibt es eine Vielzahl von archäologischen Fundstücken. Eine transzendentale Kraft in wirklich erstaunlich kreativen und vielen Formen festgehalten. Gott ist ein wunderbarer Weg sich die Kausalität, den Zufall und insgesamt alle möglichen Phänomene unserer Realität zu erklären. Gestern stand ich zufällig am Staatstheater Mainz (es war Kostümverkauf) in einer zweistündigen Warteschlange hinter einem Sektenführer mit 10 seiner Anhänger und/ oder Familienmitglieder. Mein neugieriger, hinterfragender Geist hatte ein sehr interessantes Gespräch. Dieser 70-jährige Philosoph, ein erstaunlicher Mann mit spannenden Geschichten und Erlebnissen, breitete vor mir etwas aus, was ich mit dem Begriff Logikgeflecht betiteln möchte. Ich betrachtete zunehmend ein System, eine

Vernetzung von Gründen und Begründungen. Eine Weltsicht öffnete sich mir. Nach diesem intensiven Gespräch bereitet mir mein Unvermögen die Schwachstelle, die unbewusste Lüge dieses Logikgeflechtes, identifizieren zu können Unruhe. Aber meine Unruhe ist selbstverständlich. In diesem Gewebe des pensioniertem Doktors der Religionsphilosophie eine Stelle zu finden, welche von diesem Mann noch nicht überprüft und gerechtfertigt worden ist, ist tendenziell unwahrscheinlich; gerade wenn Gott und die findbare, universelle Wahrheit als Axiome alle Unlogik entschuldigen und in Sinn umwandeln zu versuchen. Wenn wir uns sicher sind, dass wir alles wissen, aufgrund einer immer wieder wiedergekäuten Weltsicht, dann entfällt die Motivation für die unentspannte aber lohnende Suche.

So ist sind meine Theorien vielleicht nur aus dem Bedürfnis für Ruhe entstanden. Meine Geschichte, welche ich in diesem Buch festhalte, ist auch ein Logikgeflecht. Es soll keinen apodiktischen, arroganten, ultimativen und absoluten Wahrheitsanspruch haben. Diese Geschichte muss nicht wahrhaftig sein. Die Theorie der Ruhe ist nur eine Theorie. Ich bin mir nicht sicher meiner Wahrheit. Ich bin mir nicht mal sicher, ob es eine Theorie genannt werden darf. Wahrheit ist für mich das Wahrscheinlichste. So stand es sinngemäß schon am Anfang des Buches.

Ich will mit dem Beispiel seiner esoterischen Weltsicht, die ich im Detail hier gar nicht ausführen will, weil sie mich zu stark an eine Verschwörungstheorie erinnert, auch verdeutlichen, dass wir Menschen, wenn wir uns zu oft und zu ernst immer und immer wieder die selbe Geschichte erzählen in eine utopische Sicherheit über diese und ihrer kosmischen Wahrheit krachen und kriechen. Unsere Weltsicht gibt uns Selbstbewusstsein und Sicherheit, somit auch Ruhe. Wir glauben so fest an sie, weil dem Verlust dieser Sicherheit auch kurzfristiger Verlust von Ruhe folgt.

Die Macht der Geschichten ist folglich enorm und relevant für unser Ruheschaffen.

Geschichten zu kennen, wiedergeben zu können, sie zu instrumentalisieren bringt Macht mit sich. Ziel der Macht und der Geschichten soll langfristige Ruhe sein. Sich zu erzählen, dass andere Menschen nur böse sind und dir schaden wollen, ist gesundheitlich schädlich. Dazu gibt es psychologische und medizinische Studien.

Eine weitere Voraussetzung für eine mächtige Geschichte ist, dass mehr Menschen daran glauben. Eine Geschichte, welche nur eine Person glaubt, wird die Gesellschaft wenig beeinflussen. Ein Christentum mit Millionen Anhängern dagegen ändert leicht mehr als tausend Jahre europäische Geschichte. Noch mächtiger ist sicher der Mythos des Geldes. Diese Geschichte, welche so oft erzählt wird, dass wir kaum eine andere Wahl haben als sie zu glauben, erklärt wertlose Objekte zur universellen, zwischenmenschlichen Macht. Mit Geld können wir das Verhalten anderer Menschen kurzfristig ändern. Wir zahlen Geld an Bauern, damit diese mehr Saat ausstreuen und uns etwas abgeben. Geld ist, wenn ich das einfach mal so behaupten darf, die meist erzählte und geglaubte Geschichte der Welt. Sekten habe dagegen "nette" Geschichten, welche unglaubwürdig bleiben. Wenige lassen sich zu ihnen überzeugen. Auch bekommen einige und gerade solche Geschichten keine Plattform, um sich verbreiten zu lassen. Somit wären wir bei dem Punkt, dass die Menschen, die beeinflussen, welche Geschichten wir auf welche Art hören, viel Macht – aber eine andere Macht als die Geschichten – haben. Die Macht der Medien ist ihr Auffassen und Wiedergeben ausgewählter Geschichten. Auch die Schule ist eine mächtige Institution. Kinder und Jugendliche, welche durch ihr Alter bedingt weniger

Geschichten gehört haben und durch noch nicht immer wieder wiederholtes Zuhören der selben Geschichten eine potenziell höhere Formbarkeit ihrer Geisteshaltungen besitzen, können durch die Geschichtenerzähler des Schulsystems meist besser beeinflusst werden als Erwachsene. Solange Lehrer ihre Macht durch Geschichten auf ihre Jünglinge tugendhaft und mit dem Ziel einer friedvollen (und deswegen chancengleichen) Gesellschaft einsetzen, finde ich das gut. Aber wenn der einzige Weg eine Kultur zu mehr Eintracht zu bewegen nur die tugendhafte Erziehung der Jugend wäre, würde ich Pädagoge werden. Ich glaube, dass auch bei Erwachsenen eine positive, tiefgehende Veränderung stattfinden kann.

Ich erzähle mir die Geschichte von Menschen, welche sich zum Guten ändern können und werden, und deren Welt. Diese Geschichte motiviert mich an diesem Abend um 11:34 Uhr dieses Buch weiter zu schreiben, anstatt mich immer weiter in eine menschengemachte Realitätserweiterung aus Videospielen und Netflix zu stürzen. Eine Geschichte, welche uns involviert. Uns zu Agierenden macht, die andere Menschen und nicht nur die neue Generation ändern können.

Aber eine Geschichte zu erzählen nützt uns erst, wenn wir wissen wie sie uns nützt. Wir müssen das Ziel unseres Erzählens kennen, damit wir richtig erzählen. Wir sollten uns bewusst sein, dass wir erzählen. Wir sollten lernen wie wir erzählen können. Wir sollten nicht lügen. Eine entdeckte Lüge zerstört die Glaubwürdigkeit einer Geschichte und eine nicht geglaubte Geschichte hat keinen Einfluss. Und ob eine Lüge entdeckt wird, liegt außerhalb unserer Kontrolle. Deshalb ist Lügen in den meisten Fällen riskant und unerstrebenswert. Lege keine Augenbinde auf dein Haupt, während du Flugzeuge fliegst. Nachteilig Zufälle zu begünstigen wird kein schöner Weg sein. Wir sollten umgekehrt auch prüfen, ob die erzählten Geschichten wahrhaftig und ehrlich sind, und ob sie uns und anderen langfristig Ruhe gibt. Wenn beides zutrifft, so dürfen wir mit ruhigem Gewissen an diese glauben, immer bereit sie zu hinterfragen und immer mit der Geisteshaltung, dass die Geschichte nicht der Wahrheit der realen Realität , sondern einer künstlich Erschaffenen entsprechen könnte.

Zusammenfassung:

- Alles ist Geschichten.

- Geschichten sind eine mächtige Form von Macht.

- Geschichten ändern die Geschichte.

Kapitel 14 – Wann?

Wann fange ich an dieses Kapitel zu schreiben? 21:30, So. 10. März 2019. Während ich schreibe warte ich, dass die Internetverbindung meines W-LAN Routers wieder funktioniert, sodass ich Kapitel Dreizehn veröffentlichen kann. Während ich schreibe tönt Indie-Musik aus den Lautsprechern meines Laptops. Während ich schreibe, passiert mehr als ich weiß. Ein Sturm wütet vor meinem Fenster. Nicht in einer metaphorischen Weise, sondern tatsächlich. Ich hoffe, dass während ich jetzt und hier schreibe niemand durch einen gebrochenen Baum verletzt wird.

Zeit ist das Thema. Ich habe während meiner philosophischen Überlegungen immer mal wieder Erkenntnisse über Zeit gefunden und schreibe in diesem Kapitel, auf welches öfters mal verwiesen wird, über dieses Sammelsurium. Die erste Betrachtung der Zeit widme ich der Dreieinigkeit dieser. Ein schöner Einschub über Zeitreisen und danach wird alles zu Jetzt und nichts zu Niemals. Also über die Empfindung der Zeit werde ich schreiben. Anschließend ist die Zeit die Lösung aller Probleme. Oder doch der Auslöser dieser? Aus Interesse folgt eine kurze Historie der Zeitmessung und ihrer Methoden. Daraus folgt die Frage nach dem Anfang und dem Ende, oder ob es diese überhaupt gibt.

Zeit wird von uns sinnvoller Weise in drei Abschnitte gegliedert. Als konkretes Maß dieser wird ein Konzept benutzt, welches Gegenwart genannt wird. Alles was vor der sogenannten Gegenwart passiert ist, heißt Vergangenheit. Das Gegenteil bildet die Zukunft, welche Geschichten bringen wird, welche noch unbekannt sind. Vergangenheit und Zukunft werden an der

Gegenwart festgemacht. Gegenwart ist die Mitte; der Körper. Die Gegenwart wahrhaftig zu beschreiben gelingt nur, wenn wir die Wandelbarkeit dieser begreifen. Die Gegenwart verändert konstant und unabdingbar ihr Gesicht. Gestern stehe ich noch in der Gegenwart auf einem 5 Meter hohen Hochsitz und blicke im Nieselregen über Dörfer, Straßen und Felder. Jetzt ist die Gegenwart geprägt von schwarzen Buchstaben auf weißem Bildschirm während ich die Wärme meines Zimmers fühle und die Tippgeräusche einatme. Wie ein Chamäleon ändert sich dieses Antlitz. Einige Male blitzschnell, andere Male ist es eine geduldige und langatmige Transformation. Die Arten, wie es sich wandelt, sind mannigfaltig. Sie sind mehr als unsere Sinneswahrnehmungen, weil es sind auch die Interpretationen sowie die Erinnerungen und Zukunftsprognosen, welche unsere Sicht der Gegenwart ausmachen. Falls wir von der Komplexität der Realität und der Einzigartigkeit der Momente ausgehen, ist die Gegenwart niemals wie jemals zuvor. Die größte Annäherung an vergangene Momente stellt das Déjà-vu dar. Wenn man das Gefühl hat, genau das selbe sei schon mal geschehen. Aber sobald man diesen Gedanken hat, ist die Wahrnehmung des Moments schon wieder anders als damals. Zudem ist die Gegenwart nicht die eigene Wahrnehmung dieser, sondern:

Gegenwart (Definition): Ein Zeitraum, in dem alle Begebenheiten und Umstände geschehen.

Ist dieser Zeitraum nur ein Moment, oder länger und wie lange? Er ist lang genug, um ihn bewusst wahrzunehmen und ebenso lang genug, um nicht stillzustehen, sondern die Realität weiter zu drehen. Wie eine Fotografie, die einen Moment festhält, ist die Gegenwart nicht. Denn in der Betrachtung jener schreitet sie fort. Das heißt nicht, dass sie kein Moment sein kann. Eine Definition der Vergangenheit ist nun einfach und benötigt auf meiner Seite nicht nochmal zehn Minuten.

Vergangenheit (Definition): Ein Zeitraum, welcher alle schon geschehenen Begebenheiten und Umstände umfasst.

Die Vergangenheit liegt zeitlich vor der Gegenwart und drückt sich im Jetzt in Form von Erinnerungen oder Objekten aus dieser aus. Noch genereller gesagt ist es immer Materie, welche zu vergangener Zeit beeinflusst wurde. Ob es die Neuronen unseres plastischen Gehirns waren oder wir produktiv etwas Materielles erschaffen, hergestellt oder verändert haben. Nicht alles bleibt in der Gegenwart relevant oder erkennbar. Die Länge der Vergangenheit ist einfacher, aber unmöglich genau zu bestimmen. Wahrscheinlich ist der Zeitraum so riesig, dass ein menschlicher Verstand die Quantität zwar numerisch festhalten könnte, aber die Qualität der Zeit unverstanden bleibt. Was ein Jahr qualitativ ist kann ich persönlich erahnen. Zehn vielleicht auch noch, aber bei 20 wird es bei mir schon kritisch, weil ich zu diesem Punkt in der Gegenwart erst 19,825 Jahre (7241 Tage) alt bin. Von diesen habe ich die ersten vier Jahre keine bewussten Erinnerungen und auch danach bis heute ist ein Erinnern aus der Vergangenheit eher die Ausnahme. Ich erinnere mich ohne die Lücken mit zu zählen vielleicht an eine zusammengenommene Zeitspanne von einem Jahr. Davon ist viel aus den letzten Jahren. Die Quantität meiner Erinnerungen betrachtet im Bezug auf die vergangene Zeit zwischen Gegenwart und der Erschaffung der Erinnerung ist ähnlich einer Asymptote ($f(x)=1/x$). Wie alt die Zeit ist und wie lange der Anfang schon her ist, oder ob es überhaupt einen gibt, wird genau wie das Ende noch später betrachtet. Erst mal bleibt die Zukunft aus der Dreieinigkeit der Zeit noch unbeschrieben.

Zukunft (Definition): Der alle noch passierenden Begebenheiten und Umstände umschließende Zeitraum.

Zu den drei Definitionen möchte ich hinzufügen, dass von einem Zeitraum gesprochen wird, weil wir erstens lokale Positionen oder Einheiten instinktiv besser nachvollziehen können, als zeitliche und zweitens Zeit nicht mehr als Raum ist. Zudem benutze ich bewusst die Begriffe Begebenheiten und Umstände aus der Definition einer Geschichte.

Die Zukunft ist für uns Menschen sehr interessant. Ich will nicht zu viel über sie hier erzählen. Ein Axiom meiner zukunftsorientierten Überlegungen ist, dass wir nicht wissen können was passieren wird. Wir können glauben es zu wissen, oder mit logischen Argumenten oder Berechnungen oftmals richtig vermuten, was passiert. Gegenwarts-Robin vermutet, dass Zukunfts-Robin, welcher Lust auf Schokolade bekommt, Vergangenheits-Robin verfluchen wird, welcher gerade eben vor 2 Minuten von einer Konditorin eine Edel Bitter Schokoladentafel (85%) erhalten hat, während er sich Wasser holen wollte. Die sind zwar gesund, aber nicht gerade das Genüsslichste.

Die Vergangenheit ist klar linear. Die Zukunft, wenn sie zu Vergangenheit wurde, wird auch linear sein. Davor sind ihre Ereignisse unbestimmt. Verschwommen, wie von Rauch, der das Wahre bedeckt und verdeckt. Die Zukunft steht sprichwörtlich in den Sternen. Viele verschiedene Wege sehen wir, bevor sie zur Gegenwart wird. Für uns als organisches Individuum endet vermutlich jeder Weg im Tod. Es gibt so unglaublich viele Wege wie sich unser Leben entwickeln und enden kann.

Ich wiederhole das Bild aus Kapitel 11:

Die Vergangenheit ist der Schwanz einer unsichtbare Schlange, die hier und da und immer mal wieder sichtbare Punkte und Bilder hat. Der Schwanz gehört zu einem ewig fortschreitendem, dicken, sich immer farbveränderndem Chamäleon Es ist die Gegenwart und sieht nie gleich aus. Der Kopf ist aus Sternenstaub. Wabernd wiegen sich tausende unterschiedliche Hydraköpfe hin und her.

Jetzt gerade bereue ich einen Teil der Schokolade gegessen zu haben.

Ein eng mit Geschichten verwobenes Konzept, welches ich gerade vor diesem Abschnitt mir Angeschaut habe, ist Zeitreisen. "12 Monkeys" von Terry Gilliam. Ein Mensch aus der Zukunft reist in die Vergangenheit oder umgekehrt. Bei Ersterem wird oft versucht etwas zu ändern und bei Letzterem eröffnet sich dem Reisenden eine erstaunliche Welt mit neuen Erfindungen. Das Paradoxon zu Zeitreisen will ich hier nicht ausführen, obwohl die Lösung ziemlich einfach ist, wenn wir die einzige, physikalisch mögliche Möglichkeit für Zeitreisen erkennen. Zeitreisen sind physikalisch tatsächlich möglich ohne Magie und Fantasy. Nach meinem Verständnis von Zeit müssen wir, um in der Zeit zu reisen einfach alle kleinsten Teilchen und Energien auf die räumliche Position zurück bewegen, wo diese zu dem Zeitpunkt, zu dem wir reisen möchten, sich befand. Zudem müssen unsere momentane Teilchenanordnung an den Erscheinungsort, in dem keine anderen Teilchen vorhanden sind, unserer Wahl hinzufügen. Simpel. Das ist eine Zeitreise. Um dann wieder zurück zum Ursprungszeitpunkt zu reisen, müssen wir einfach das selbe nochmal tun. Einfach die Zeit verstreichen zu lassen ist theoretisch keine Zeitreise, außer wir bezeichnen unser alltägliches Fortschreiten in der Zeit als Reise. Wenn wir nach unserer ersten Zeitreise warten, dann haben unsere Handlungen auch Konsequenzen. Zudem existieren dann zwei Individuen: das Original und der Reisende. Nicht so bei einer zweiten Zeitreise, bei welcher wir an unserem Ausgangsort wieder zusammengesetzt werden, aber nicht mit der Anordnung bevor dem Beginn der

Reise, sondern die nach der Reise Geänderte, weil wir sonst keine Erinnerungen an die Reise haben werden. Zeitreisen sind ähnlich wie Wurmlochreisen, im Moment sehr unmöglich, weil wir diese Macht noch nicht besitzen. Ich vermute, dass die Spezies Homo Sapiens nie die Macht über die genaue Anordnung und Bewegung von den kleinsten Teilchen besitzen wird. Das wäre jedoch schade, da wir dann wissen könnten, was der Kern der Realität ist. Auch wenn Zeitreisen noch lange oder immer nicht machbar bleiben, so sind sie für kausale Logikspielchen und interessante Spielfilme gut geeignet.

Gegenwart ist alles. Vergangenheit wird alles sein und Zukunft war alles. Alles, was passiert, geschieht in der Gegenwart. Eine schlüssige Erkenntnis. Die Vergangenheit wie die Zukunft haben Einfluss auf die Gegenwart, aber alles was wir erleben, erleben wir im Jetzt. Wenn wir uns an etwas erinnern, dann tun wir das in der Gegenwart, auch wenn die Erinnerungen in der Vergangenheit geformt wurden, so ist es der Gedankengang der Gegenwart, welcher sie zugänglich macht. Der freie Wille und das Bewusstsein können nur in der Gegenwart existieren. Entscheidungen treffen wir auf Grund von vergangenen Erfahrungen und Zukunftsprognosen, aber immer nur in der Gegenwart. Vielleicht irre ich mich in diesem Punkt. So soll es Studien geben, welche belegen, dass wir schon bevor wir uns bewusst entschieden haben, unbewusst unsere Entscheidung feststeht. Eine Entscheidung finden ist ein Prozess. Je folgenreicher die Konsequenzen meiner Handlung, desto länger versuche ich nachzudenken bevor ich die scheinbar bestmögliche Wahl treffe. Wie viel ich von meinem Unbewusstsein beeinflusst werde, weiß ich nicht. Auch eine unbewusst getroffene Entscheidung ist eine Entscheidung. Auch wenn wir in der Gegenwart diese unbewussten Prozesse und

Entscheidungen nicht wahrnehmen können, sind sie gegenwärtig. Die Gegenwart ist das einzige Bild der Realität. Aber immer nur ein Bildausschnitt der Komplexität. Das sich dieses ständig verändert, macht die Angelegenheit nicht einfacher. Die Komplexität entfaltet sich im Moment der Gegenwart. Im Moment ist deine Gegenwart geprägt von den Wörtern dieser Seite. Doch wie sah sie vor einer Stunde aus? Wie findest du die Gegenwart, in der du von einem Ort zum Nächsten reist und während der Bewegung nach links oder rechts blickst? Die Empfindung der Zeit beschränkt sich primär auf die gegenwärtige Situation und erweitert sich sekundär auf die quantitativen Relation der Erlebnisse in einem mesokosmischen Zeitraum. Das ist die komplizierte Weise, um auszudrücken, dass wenn mehr passiert und eine Ablenkung von der eher langweiligen Beschäftigung des auf-die-Uhr-schauen vorhanden ist, die Zeit schneller zu vergehen scheint. So ist Zeit subjektiv unterschiedlich in der Geschwindigkeit des Fortschreitens, auch wenn die Frequenz im Schwingquarz konstant bleibt. Das ist weniger relevant, als die Erkenntnis, dass nichts außerhalb der Gegenwart passieren kann. Es kann in der Vergangenheit passiert sein oder es wird in der Zukunft passieren, nur in der Gegenwart kann es passieren. Ziemlich evident. Die Zeitformen der Verben helfen beim Verstehen und bedingen, dass alles gegenwärtig sein muss, um zu geschehen.

Jeder Konflikt wird mit der fortschreitenden Zeit gelöst. In Kapitel 5 habe ich fünf Sätze über diese Erkenntnis geschrieben. Prägnant und auf den Punkt gebracht. Im Alltag lösen sich Probleme, falls wir sie nicht lösen, mit der Zeit. Du stehst an einer roten Ampel. Die Zeit lässt das Problem verschwinden. Die Kunst ist Geduld. Je nach dem wie der Konflikt sich manifestiert, dauert die Lösung durch verstreichende Zeit länger oder kürzer. Ein Problem mit der Tätigkeit Warten zu haben, macht die Situation meist schlechter. Die Ursache des Problems mit dem Warten könnte sein, dass wir uns nicht selbst aushalten. Die Stille als etwas Schreckliches begreifen und uns die Richtung, welche die eigenen Gedankengänge nehmen, laut unserer ersten Betrachtung nicht wohltut. Gerade die Auswirkungen der Konflikte, die wir nicht zu lösen im Stande sind, können wir nur mindern durch Warten, Akzeptanz und Geduld. Diese drei Handlungen sind etwas Aktives und nicht als etwas Passives und Resignatives zu verstehen. Passivität drückt sich durch unbewusste Ablenkung vom Konflikt aus. Eine weitere aktive und vorteilhafte Handlung ist das Lösen des Konfliktes. Diese Herangehensweise ist meist schneller, falls die Komplexität des Konfliktes niedrig genug ist, sodass unsere Macht zum Lösen reicht. Beider Ziel ist die langfristigere Ruhe. Auch mit Ablenkung streben wir nach Ruhe, aber sie kann nur kurzfristig garantiert werden.

Bei der schematischen Betrachtung von Konflikten und der Erkenntnis des B–K–B' -Prinzips wird nicht nur nochmal deutlich, dass die Dimension der Zeit nicht nur alle Konflikte löst, sondern auch das sie alle Konflikte und Probleme erst ermöglicht. In dem Kapitel über die Notwendigkeit von Konflikt habe ich erstmals betrachtet wie zentral die Bewegung ist. Aber noch nicht erkannt, dass für Bewegung immer Zeit notwendig ist. Bewegung ist die Distanz pro Zeit. Anders ausgedrückt: die Verschiebung eines Punktes in einem dreidimensionalem kartesischen Koordinatensystem durch einen Richtungsvektor, dessen Länge abhängig ist von der zeitlichen Länge und der Geschwindigkeit der Verschiebung, falls das Sinn ergibt. Aus meiner Perspektive ist Zeit die vierte Dimension der Realität. Drei Dimensionen sind nur ein Bild, während alle Vier ein Film sind. Ich will hier nicht über Dimensionen und wie viele und mehr als 11 oder so reden, sondern erst einmal festhalten, dass der Ort einer Begebenheit oder eines Ereignis genauso wichtig wie die Zeit dieser ist. Das B-K-B' -Prinzip beschreibt einen Zyklus. Im Moment lese ich Auszüge aus "Das Kapital" von Marx. Die Struktur des Kapitalismus ließe sich erfassen mit der Formel G-W-G'. Geld wird durch Tausch zu Ware und schließlich wieder zu Geld, zuzüglich des Mehrwerts. Was den Ablauf von Konflikten betrifft, lässt sich eine formgleiche Formel formulieren. Bewegung, welche immerwährend unserer Betrachtungen anwesend ist, sei es noch so mikrokosmisch, langsam und unerfassbar, wird zu Konflikt, was immer wiederkehrend geschieht. Dabei treffen Objekte, welche sich mit Richtung und Geschwindigkeit bewegen, aufeinander und entladen Kraftwirkungen auf einander, sodass sich ihre Bewegungen (ausgedrückt in Richtung und Geschwindigkeit) ändern. Danach sind die Objekte wieder in Bewegung, nur die Richtung und/oder Geschwindigkeit ändert sich mindestens eines Objekts.

Objekte bewegen sich.

Objekte treffen auf einander (Konflikt), ändern ihre Bewegung (Lösung des Konflikts).

Objekte' bewegen sich.

Bewegung – Konflikt – Bewegung'. Die geänderte Bewegung ist nicht gleich ihrer vorherigen Bewegung. Bewegung ist eine Notwendigkeit für Konflikte. Auch wenn wir Zeit nicht wahrnehmen, ist sie, solange Bewegung da ist, stets anwesend. Ich leite damit über in mein nächstes Unterthema in diesem (für dieses Buch ungewöhnlich gut strukturierten) Kapitel.

Zeit existierte schon immer, weil immer ein Wort ist, mit dem wir eine spezifische Zeitspanne ausdrücken. Die alles umfassende Zeitspanne; Vergangenheit, Gegenwart und Zukunft in einem. Es kann nichts passieren, wenn keine Zeit existiert, weil alles nur in der Gegenwart passieren kann. Und trotzdem. Trotzdem ist Zeit Messen und Quantifizieren durch komplexe Werkzeuge ein Ding der industrialisierten Welt. Angefangen in der Antike mit Sonnenuhren, Wasseruhren oder Sanduhren war nun nicht mehr nur die Jahreszeit oder Tageszeit im Bewusstsein der Menschen. Die Räderuhr, welche im 13. Jahrhundert erfunden und circa 1500 durch eine gespannte Metallfeder modifiziert wurde, erhöhte abermals die zuverlässige Einteilung der Zeit in Stunden, Minuten und Sekunden. Durch weitere Innovationen (wie zum Beispiel die Benutzung von Stromimpulsen, Elektromagneten oder die Eigenschwingung von Atomen) wurde die Zeitmessung genauer und gleichzeitig für mehr Menschen zugänglich wie relevant. Eine Sekunde Abweichung in 300000 Jahren ist erstaunlich und durch Atomuhren möglich.

300000. Dreihunderttausend. Dreihunderttausend Jahre. Eine Menge. In 300000 Jahren wird eine Atomuhr eine Sekunde falsch gehen. Was passiert in genau 300000 Jahren und einer Sekunde? Was hat vor 300000 Jahren und einer Sekunde stattgefunden? Damals fingen Manche der Gattung Homo an Feuer täglich zu gebrauchen. In 300000 Jahren und einer Sekunde werden wir vielleicht nicht mehr existieren. Selbst wenn wir dieses Universum nicht mehr beobachten können, so wird doch noch Bewegung da sein. Und solange Bewegung vorhanden ist, ist auch Zeit vorhanden. Folglich muss der Beginn der Zeit der Beginn der Bewegung sein und umgekehrt das Ende der Zeit das Ende der Bewegung. Ich verstecke inmitten dieser Zeilen die wichtige Erkenntnis, dass Zeit nichts anderes als Bewegung ist. Ohne Bewegung existiert keine Zeit, somit ist Zeit abhängig von Bewegung. Aber gibt es überhaupt ein Ende der Bewegung? Bewegung entsteht durch Materie und Anziehung oder deren Gegenteil, welche wiederum einer Energie oder Kraft der Materie zu Grunde liegen. Mögliche Enden könnte die Nonexistenz von Energie, Materie oder Wechselwirkungen zwischen diesen sein. Das Universum als leere, weite Wüste oder als nie schmelzender Eisblock. Der Anfang ist schwieriger. Der Vorgang welcher aus bewegter Masse unbewegte, zeitlose Masse macht, scheint mir deutlich logischer. War die Masse schon vor Beginn der Bewegung dar? Laut allgemeinem Verständnis der Urknalltheorie (welche nicht besagt, dass der Urknall der Anfang von allem war) war alle Materie auf einen winzigen Ort zusammen. Durch irgendeinen Impuls begann die Masse zu expandieren. Die Atome stießen sich von einander ab. Gerieten in Bewegung und kollidierten. Ein Impuls ist zentral für jeden Anfang. Ein Impuls ist die erste Ursache für alles. Wie könnte die Gesamtheit der unbewegten Materie Bewegung erlangen? Klar: durch Energie und Anziehungskraft und deren Gegenteil. Aber woher kommt diese, welche das Wesen des ersten Impulses ist und heute in jedem bekannten Teilchen innewohnt? Die einzige Erklärung, die mir wahrscheinlich erscheint, ist die Annahme einer transmateriellen und transtemporalen Macht, welche die Materie und deren (physikalischen, chemischen, biologischen und so weiter und so fort) Eigenschaften sowie die Naturgesetze erschuf. Diese Macht erschuf sich selbst, obwohl es als logisch unmöglich erscheint, dass aus Nichts Etwas entstehen kann. Diese Macht hat wahrscheinlich kein Bewusstsein. Auch sehe ich nicht, dass es einen Willen besitzt. Und manch einer wird meinen, dass, wenn es einen transmateriellen Urgrund gebe, man einfach alles Unschlüssige mit diesem erklären sollte. Dass man es Gott oder Götter nennen sollte. Ihnen oder ihm noch eine kulturangepasste Persönlichkeit wie einem berühmten Menschen verpassen sollte und ihm ein Ziel gibt. Ich bin agnostischer Deist. Ich weiß nicht, ob ein transzendentales Wesen existiert, doch ich halte diese Schöpfungsmacht für sehr wahrscheinlich und glaube deswegen an einen übernatürliches

Wesen der Schöpfung ohne Bewusstsein und Ziele. Die Frage nach dem Ende der Zeit kann logisch begründet werden, während die Frage nach dem Anfang in Spekulationen und Glauben endet. Über Agnostizismus, Atheismus, Deismus, Dualismus, Monotheismus, Pantheismus, Polytheismus, Theismus und die einzig wahren Glauben will ich nicht in diesem Buch schreiben. Nun von Gott zu etwas Relevantem.

Genauer: die Relevanz von Zeit im Alltag. Ich sollte im Moment wahrscheinlich mich über die Universitätsseite zu meinen Vorlesungen und Seminaren für dieses schon begonnene Sommersemester anmelden. Bis morgen 13 Uhr habe ich Zeit dafür. Aber als ich gerade mich an meinem Laptop in meinem lang nicht mehr gesehenen Zimmer gesetzt habe, um diese Aufgabe motiviert und engagiert anzugehen, kam mir die Erinnerung von heute, welche sehr relevant für meine Ansicht über den Umgang mit Zeit im alltäglichen Leben ist. Nach der Einführungsveranstaltung meines Kernfachs habe ich anscheinend mein Telefon im Raum liegen gelassen. Das habe ich auch nach 5 Minuten gemerkt. Dumm nur, dass ich zuerst in dem davorigen Raum nachgeschaut habe. Eine Freundin, welche an einem Improvisationstheaterstand saß, erklärte mir wo das Fundbüro zu finden sei. Ich ging weiter. Nun hatte ich die Option nochmal zu dem Raum, in dem ich noch nicht nachgeschaut habe, zu schauen oder direkt zum Fundbüro zu laufen. Ich bin ruhig. Ich atme tief und gelassen. Ich laufe zum Seminarraum. Wenn es da nicht ist, dann habe ich noch eine kleine Hoffnung mit dem Büro. Im Raum ist es nicht mehr. Ich zucke mit den Schulter. Last Chance, denke ich, während ich mich wieder aus dem Gebäude mache auf dem Weg zum Fundbüro. Ich komme an einer Kreuzung vorbei. Ich bin schon über sie gelaufen als mich von hinten schräg eine Gruppe anspricht. Sie erkennen mich und haben mein Telefon. Zehn Sekunden schneller aus dem Raum, schneller über die Kreuzung oder generell ein anderer Pfad und mein Problem hätte sich nicht gelöst. Wie unwahrscheinlich. Ich bin dankbar und schließe mich ihnen zum Ersti-Frühstück an. Probleme lösen sich mit der Zeit. Ich war mir sicher, dass. wenn ich mich richtig verhalte, ruhig bleibe, keine Panik schiebe und warte, sich das Problem schon lösen wird. Das soll keine Entschuldigung für Passivität werden, sondern eher eine weitreichende Entspannung bewirken.

Die Geisteshaltung, alles passiere in der Gegenwart, legt unseren Fokus des Erlebens ins Jetzt. Mir immer mal wieder bewusst zu werden, dass es gerade mal wieder die Gegenwart ist und das Chamäleon anders als vorher aussieht, erfreut mich. Auch akzeptiere ich jeden Moment, der mir nicht gefällt leichter, weil ich glaube, dass viele Momente im Leben weit von dem angestrebten Zuständen weg sind und die Gegenwart nun mal gerade so ist. Für den tugendhaften Umgang mit Zeit ist hingegen die Zukunft wichtig. Langfristigkeit, der Kern jeder Tugend, ist auf Zukunft ausgerichtet. So ist das Abschätzen der Kausalität bis und in der Zukunft eine gute Kunst. Die Zukunft ist änderbar und dann wunderbar. Der Umgang mit Vergangenheit ist für uns geprägt von der Statik des Vergangenen. Was passiert ist, wird nicht anders passieren können. Es ist nicht relevant dafür, ob das Ereignis zufällig, kausal oder durch übersinnliche Mächte so eingetreten ist. Relevant ist zu akzeptieren, dass es nicht anders passiert ist und die Konsequenzen folgen werden. Der Umgang mir den Konsequenzen in der Gegenwart kann in der Zukunft bessere Folgen zur Folge haben. Die Gegenwart gewinnt an Bedeutung, da sie der einzige zeitliche Raum ist, indem wir unsere Macht einsetzen und uns mit unserem freien Willen entscheiden können. Genau jetzt kannst du Sport machen, Meditieren und so weiter. In der Gegenwart ist es nicht leicht, aber möglich.

Die Zeit geht weiter. Egal was du tust oder wie du dich entscheidest. Sie löst alle deine Probleme und gibt dir Neue. Und irgendwann ermordet sie dich. Die Zeit ist dein Ende. Aber bis dahin kannst du dich entscheiden, handeln, denken und wahrnehmen. Ruhe suchen, finden und verlieren. Carpe Diem!

Zusammenfassung:

- Chamäleon mit Hydraköpfen und Schlangenschwanz.

- In der Gegenwart passiert alles.

- Mach was aus deiner Zeit.

Ergänzung:

Ich habe, weil es naheliegend war, die Zeit notiert, welche ich in Form von Arbeit in dieses Kapitel gesteckt habe. Zusammengerechnet habe ich (die Überarbeitungen noch nicht mitgezählt) 435 Minuten an dem Text gearbeitet. Das sind 7 Stunden und 15 Minuten. Begonnen am 10.3.2019 und geendet (ohne Überarbeitungen) am 11.4.2019. Auf neun produktive Tage verteilen sich die Stunden. Mit einer Dauer von 5 Minuten bis hin zu 90 Minuten. Das Kapitel zu lesen dauert ungefähr 22 Minuten. Die Ergänzung soll keinen philosophischen Mehrwert haben, sondern nur einen Einblick in mein Schaffen geben.

Kapitel 15 – Der Mensch

Nun ist die Zeit gekommen die Betrachtung auf uns selbst zu richten. Und einleiten möchte ich den Mensch mit der Wiederholung schon getroffener Aussagen zum Thema Mensch in diesem Buch, um damit ein grobes Wesen des Menschen zu erschaffen. Wir vereinfachen die Realität. Wir beeinflussen uns gegenseitig. Wir sind abhängig voneinander. Wir prägen die drei Komplexitäten aus. Wir sind äußerst anpassungs- uns gewöhnungsfähig. Wir leben. Wir streben nach Ruhe. Wir erschaffen. Wir haben Triebe und Bedürfnisse. Wir haben einen freien Willen. Wir sind mächtig. Wir kommunizieren. Wir kooperieren. Wir sind an der Spitze der Nahrungsnetze. Wir können unser Untergang sein. Wir können langfristig handeln. Wir können tugendhaft werden. Wir erzählen Geschichten. Wir sind vor vielen Jahrtausenden entstanden. Wir sind in der Gegenwart. Wir sind Menschen. Menschen sind wir.

Für mich ist die Basis eines jeden Menschen die Anpassungsfähigkeit. In unterschiedlichen Kulturen haben wir unterschiedliche Traditionen und Bräuche, aber auch Geisteshaltungen, Ideologien und Mythen. Wir konnten mit einem Faustkeil durch die Steppe streifen oder mit Schneeschuhen in den kältesten Gebieten herum stiefeln. Wir konnten Juden ermorden und Juden verstecken. Genozide unterstützen und verhindern. Krieg führen und Frieden errichten. Wir können.

Einen Mensch biologisch zu definieren ist leicht: Hominoidea, Hominidae, Homininae, Homini, Homo, Mensch (Überfamilie, Familie, Unterfamilie, Tribus, Gattung, Art). Die Zugehörigkeit zu der Art entsteht aus der Geburt durch die eigene Mutter, welche auch zu Homo sapiens gehört. Die Ausprägung der Physis und der körperlichen Veranlagungen ist häufig ähnlich. Nach meiner Ansicht entsteht aus dem physischen Organ des Gehirns inklusive des Nervensystems unsere geistigen Fähigkeiten, sowie das Bewusstsein. In der Zukunft könnte die Frage, was einen Menschen ausmacht, spannender werden, da wir durch Gentechnik unterschiedliche Körper und geistige Fähigkeiten bekommen könnten. Bis jetzt bleibt der Mensch den Tieren biologisch extrem nahe. Was die Frage aufkommen lässt: Was ist der Unterschied zwischen uns und diesen, und warum sind wir keine Tiere? Die erste Frage wurde schon beantwortet in Kapitel 3 und indirekt auch diesem. Prinzipiell sind wir körperlich gleich, doch einige unserer kognitiven Fähigkeiten heben uns ab. Darüber hinaus ist es für uns in der Gegenwart unmöglich Tiere zu sein, weil wir uns selbst als etwas den Tieren nicht angehöriges definieren. Wir definieren uns als Menschen und als Nicht-Tiere. Obwohl natürlich hier und dar Individuen erstens sich der Ähnlichkeit bewusst sind und weitergehend auch den Mensch als Tier betrachten. Ist es jedoch sinnvoll uns als Tiere zu sehen? Wahrscheinlich nicht. Wir sind das, was wir an und in uns sehen. Der Mensch ist für den Mensch wie er meint zu sein. Im nächsten Kapitel wird der Schwerpunkt auf die Menschenbilder und deren Auswirkungen gelegt, um eine alte, philosophische Frage zu beantworten.

Zusammenfassung:

- Wir sind Menschen und können Dinge.

Kapitel 16 – Die Menschheit

Ist der Mensch (von Natur aus) gut oder schlecht? Das ist die Frage dieses Kapitels. Da schon klar ist, was gut und schlecht bedeutet, kann ich nun die Frage um einen wichtigen Teil ergänzen, um sie beantwortbar zu machen. Denn um zu sagen wie der Mensch ist, muss eine Perspektive eingenommen werden. Und da dieses Buch aus der Perspektive eines Menschen geschrieben wird (mir), so ergibt es auch Sinn zu schauen ob der Mensch gut oder schlecht für den Mensch ist. Die Wirkungen der Menschen untereinander werden also betrachtet. Ich hoffe die anderen Tiere werden mir meine einseitige, ausschließende Weise verzeihen.

Spezifischer wird nun untersucht, ob der Mensch bei anderen Menschen tendenziell eher Ruhe (dann werden wir ihn gut nennen) oder Unruhe (dann werden wir ihn schlecht nennen) verursacht. Hierbei wiederhole ich nochmal das Wort tendenziell, da Menschen in der Lage sind beides zu tun und somit eine absolute Positionierung des Menschen auf einem der Extreme sehr unsinnig ist.

Ein paar Beispiele: Sklaverei, Genozid, Krieg, Folter, Verstümmelung, Gladiatorenkämpfe, Diskriminierung, Prostitution, Vergewaltigungen, Mord. All diesen Dingen sind schon oft Menschen nachgegangen. Die Auswirkungen dieser Handlungen auf die Opfer sind deutlich der Unruhe zu zuordnen. Einzelne Menschen können als egoistische, nazisstische, arrogante Menschen gesehen werden. Der Eigennutz, welcher nach der Meinung einiger die höchste Priorität verdiene, veranlasst zu Handlungen, welche uns Ruhe und Anderen Unruhe bringt. Konkurrenz, Streit um Materie, Besitz und Macht. Freiheit den anderen ihre Freiheit zu nehmen. Unterdrückung.

Herrschaftssysteme um die Bedürfnisse und Interessen der Mächtigen und Reichen gebaut. Ausbeutung und Ungerechtigkeit.

Menschen, die mit ihren Handlungen anderen ihre Gelassenheit bewusst nehmen, um eigen Entspannung zu erfahren.

Natürlich höre ich an dieser Stelle nicht einfach auf. Ich will zeigen, dass der Mensch gegenüber anderen offensichtlich auch stark negativ handeln kann. Es kann in seinem Wollen liegen, der Welt mehr Unruhe zu verleihen, falls er (eventuell nur kurzfristig) ein wenig Ruhe wahrnehmen kann. Ja sogar bewusst, mit voller Absicht, die Erde und unsere notwendige Lebensgrundlage vergewaltigen können. Ich bin nicht frei von egoistischen Handlungen, die anderen schaden. Ich habe mal in der Unterstufe einen Mitschüler gemobbt. Ich habe Menschen absichtlich emotional verletzt. Ich habe eine Lehrerin in ein Dilemma gebracht, nur damit ich vielleicht mehr als eine 2+ in der Epochalnote bekomme. Und weitere Ereignisse. Ich weiß nicht, ob ich ein guter Mensch war, jetzt bin, werde oder sein kann. Ich hoffe. Ich bereue meine Taten.

Und ich will es mir nicht einfach machen die These dieses Kapitels zu beweisen. Aber um jetzt im Großen und Ganzen menschenerzeugte Ruhe und Unruhe gegeneinander abzuwiegen, brauchen wir mehr als nur einzelne Ereignisse aus unserer Geschichte und unserem Alltag, denn wenn ich wollte, könnte ich die Opposition zu den oben genannten Beispielen ebenso exemplarisch aufführen.Eine Betrachtung unserer gesellschaftlichen Ordnung ist am Aussagekräftigsten meines Erachtens.

Gesetze, erzwungener Altruismus, Sozialwesen, Hilfsorganisationen, Subventionierung, Ruhe bringende Handlungsvorschriften und -möglichkeiten, liberales, humanistisches Menschenbild. Nächstenliebe und eigene Rechte und Freiheiten, Sicherheit und Wachstum. Soziales Miteinander. Macht durch Kooperation.

Genug mit den Aufzählungen. Die beweisen noch gar nichts. Ich bleibe erst einmal in der Kultur, deren Teil ich seit meiner Geburt bin: der deutschen Kultur. Den deutschen Sozialstaat habe ich als sehr angenehm wahrgenommen. Ich habe genug zu Essen, sauberes Trinkwasser, bequeme und warme Kleidung und jede Nacht ein Dach über meinen Kopf. Ich kann Nachts durch einen Stadtpark laufen und habe keine Angst überfallen zu werden. Generell erwarte ich nicht bestohlen, angegriffen oder entführt zu werden. Ich kann jederzeit das erwerben, wovon ich ausgehe Zufriedenheit zu bekommen. Ich habe viele Rechte und Freiheiten, genau wie die Menschen um mich. Die Technologie und Gesetze um mich sind von anderen Menschen gemacht. Die Motivation für die Erschaffung aller Strukturen und Werkzeuge durch diese Menschen sollte jedem aufmerksamen Leser klar sein. Sie streben nach Ruhe. Wie bekommen sie durch ihre Produktion und ihre Fiktionen Ruhe? Von wem? Natürlich von uns, den Anderen in ihrer und unserer Gesellschaft. Warum geben wir ihnen Ruhe, in Form von Geld oder Gehorsam (Macht), in Form von Anerkennung und Zuneigung (Bedürfnisbefriedigung) usw. ? Weil sie uns Ruhe geben? Ich vermute, dass genau das der Fall zu sein scheint. Wir bekommen Ruhe, indem wir anderen Ruhe geben. Aber das Geben von Ruhe ist weniger verknüpft mit dem Erlangen von Unruhe, weil wir dem Gegenüber eine Ursache von Ruhe ermöglichen nicht unbedingt indem wir die selbe Ursache der Ruhe verlieren. Symbiosen sind zentral für das menschliche Zusammenleben. Ich streite nicht ab, dass zwischen Menschen auch Konkurrenz-, Parasitismus- oder Räuber-Beute-Beziehungen stattfinden können. Aber was ist denn die häufigste Form der zwischenmenschlichen Interaktion? Treffen wir andere öfter im Streit oder in der Freude?

Sogenannte Motorradclubs sollen mein nächstes Beispiel sein. Natürlich habe ich nicht den Anspruch die Sachlage ohne Fehler darstellen zu können. So sind viele Motorradclubs vielleicht in keine illegalen Geschäften verwickelt. So sind vielleicht wenige gewalttätig gegenüber und konkurrierend mit anderen Bikergangs. So sind eventuell wenige der Mitglieder seit ihrer Kindheit in bestimmten Milieus unterwegs oder hineingeboren. Genug damit. Wofür sollen sie ein wunderbares Beispiel sein? Für Zugehörigkeit und Gemeinschaft. Die Motivationen der Mitglieder in eine solche Gruppe zu gelangen sind weniger interessant, wahrscheinlich finanzielle und soziale Macht, als die Gründe weiter dazu zugehören, das Gefühl der Loyalität und der Brüderlichkeit; einer Familie. Innerhalb dieser Gruppierungen scheint, wenn wir den Äußerungen von Mitgliedern diverser Clubs Glauben schenken, (und das folgende ist hier der zentrale Betrachtungspunkt) ein großes Zugehörigkeitsgefühl zu existieren. Auch meine ich vermuten zu können, dass die Mitglieder sich gegenseitig helfen, miteinander kooperieren und (wenn sie nicht gerade in ihren Hierarchien in Konkurrenz kommen, weil ihr Wunsch nach mehr Macht in ihrer Organisation sie dazu veranlasst) Symbiosen eingehen. Nun aber größtenteils nur untereinander und innerhalb. Auf Grund das wir nicht Mitglieder sind, sind die Erfahrungen häufig mit Gruppen dieser Art anderer, ja um nicht zu sagen nicht so positiver Art. Sie bedrohen und schüchtern ein mit ihrem gewaltbereiten Auftreten. Sie begehen mitunter Straftaten.

Innerhalb der Gruppierung entsteht Macht und Sicherheit und viele weitere gute Dinge. Die Gruppierung verursacht nach Außen das Gegenteil. Es folgt die Frage, ob jetzt die Gruppierung gut oder schlecht ist? Eine Frage, die der Perspektive bedarf. Die

Gruppierung ist aber beides. Für die Mitglieder ist sie eher gut für die Nicht-Mitglieder eher schädlich. So ist die Frage, was jetzt der Mensch ist, weiterhin perspektivisch zu betrachten.

Sind Gruppen für den Mensch tendenziell eher Ruhe schaffend?

Dass eigene Gruppen – mit denen wir öfter interagieren als mit fremden Gruppen, wegen unter anderem der räumlicher Trennung und der Zugehörigkeit - tendenziell eher gut für das Individuum sind, scheint mir nicht erklärungsbedürftig zu sein. Aber Andere, wenn sie in einer fremden Gruppe sind, sind nicht immer der Feind. Länder können in Frieden miteinander leben. Ob Interessenskonflikte zwischen zwei Gruppen entstehen ist abhängig von den Interessen. Wir streben nach Ruhe und wenn wir diese Ruhe mit Hilfe anderer erreichen können, werden wir eine Kooperation anstreben. Manchmal erreichen wir Ruhe, indem wir anderen schaden. Aber wenn der allgemein beste Weg das Schädigen Anderer wäre, dann wurde unsere Spezies sehr schnell aussterben. Unsere Existenz ist gebunden an Kooperation und seltene Feindschaft zwischen uns. Ich habe die Tiere und die Umwelt bewusst außen vorgelassen, damit sich nicht die unangenehme Frage stellt: Ist unsere Existenz gebunden an das Schädigen von anderen Tieren und/oder der Umwelt?

Gruppen sind für den Menschen überlebenswichtig. Gruppen sind tendenziell, gerade wenn wir ihnen freiwillig angehören, Ruhe bringend für uns, mitunter weil wir durch Zusammenarbeit mehr erreichen können, als alleine. Menschen sind tendenziell für andere Menschen Ruhe bringend. Der Mensch ist gut!

Ist es besser voller Angst und Misstrauen durch den Alltag zu gehen? In ständiger Furcht von anderen bestohlen und angegriffen zu werden? Es ist nicht unmöglich von Anderen geschädigt zu werden, aber unwahrscheinlich. Und das gibt uns ein schöneres, sicheres Lebensgefühl. Mehr Ruhe. Mehr Ruhe, falls wir glauben, dass der Mensch gut ist!

Zusammenfassung:

- Der Mensch ist tendenziell für den Menschen gut.

- Gruppen sind überlebenswichtig.

- Ist der Mensch gut für Nicht-Menschen?

Kapitel 17 – Der Tod und das Sterben

Enden wir mit unserem Ende. Zuerst einmal unterscheiden wir zwischen einem Zustand, welchen wir zuerst besprechen werden (Todsein) und einem Ereignis (Sterben). Sobald wir herausfinden wollen, was dieser Zustand ist, stoßen wir auf Schwierigkeiten. Es selbst zu erleben scheint ja keine gute Möglichkeit zu sein. Andere zu fragen würde ebenso wenig nützen, weil diese es auch noch nicht erlebt haben. Von Geisteranrufungen, welche ja eine wunderbare Möglichkeit wären, einen Gestorbenen zu befragen, halte ich im Moment wenig, weil die Wahrscheinlichkeit, dass ein Teilnehmer sie bewusst manipuliert, hoch ist und ich noch keinen Geist gesehen oder gespürt habe. Personen, welche kurzzeitig tot waren, könnten wir da schon mehr glauben schenken. Könnten ist nicht können. Der Tod ist in gewisser Weise eine Wand, durch die wir nicht schauen können. Vielleicht vergehen wir in der Non-Existenz. Vielleicht gibt es Himmel und Höhle, oder nur Himmel. Vielleicht irgendeine Form von Reinkarnation/Wiedergeburt. Vielleicht geht unser Bewusstsein in ein riesiges Bewusstsein ein. Ich vermute die Nonexistenz. Das Nichtexistieren ist an und für sich ein interessanter Zustand. Ich bin der Auffassung, dass wir uns diesen Zustand nicht vorstellen können. Unsere Vorstellungen beruhen ja auf Eindrücken und Erlebnissen, und gerade diese fehlen in der Non-Existenz. Das Nichtexistieren kennt weder Ruhe noch Unruhe, deswegen ist das Totsein, falls es die Non-Existenz bedeutet, weder gut noch schlecht, sondern irrelevant (für den Toten). Aber weil wir schlussendlich nicht wissen, was das Totsein bedeutet, werde ich auch keine Worte mehr darüber verlieren. Nur noch dies: Totsein ist das Gegenteil von lebendig Sein.

Die Beurteilung, ob das Totsein gut oder schlecht sei, müssen wir aufschieben, bis wir wissen, wie sich dieses gestaltet. Bis dahin können wir das Sterben beurteilen.

Wenn ich mir meine Todesursache selbst aussuchen könnte, würde ich die längste und schmerzvollste Variante nehmen. Verbrennen, Ersticken, Erfrieren, Verbluten vielleicht. Diese Meinung widerspricht der normalen Hoffnung schmerzfrei und schnell zu sterben. Im eigenem Bett während des Schlafens zum Beispiel. Ich finde die Vorstellung mein Ableben nicht kommen zu sehen eher beängstigend. Gewaltsam aus dem Leben gerissen zu werden und dann bin ich tot. Viel schöner ist es doch das Ableben erwarten zu können und nochmal ein letztes Mal sein Leben zu betrachten und zu bewerten. Bin ich zufrieden mit dem was ich aus diesem Geschenk gemacht habe? Ich würde mich an Gutes und Schlechtes erinnern. Und dann wäre es vorbei. Aber das erklärt noch nicht mein Wunsch nach Qual. Nun einmal kündigt der Schmerz das Bevorstehende an, sodass ich überhaupt erst auf die Idee kommen kann, dass mein Ende mich schon erwartet. Aber größtenteils will ich eine letzte, riesige Unruhe bevor ich in die Non-Existenz oder etwas anderes danach eintrete. Denn in fast jeder Vorstellung des Totseins ist Schmerz nicht mehr (oder weniger) enthalten, besonders wenn wir ein gutes Leben geführt haben. Nehmen wir einmal den christlichen Himmel, welcher über die Zeit immer einfachere Aufnahmebedingungen bekommen hat. Dort soll es keinen Schmerz geben und alles soll wunderbar sein. Und je mehr wir Unruhe bringenden Schmerz kennen, desto freudiger werden wir doch ohne ihn sein. Und in der Non-Existenz ist eh alles egal.

Ist das Sterben jetzt Ruhe bringend oder Unruhe bringend? Ich finde, dass beide Antworten wahrscheinlich sind, je nach dem wer entscheidet. Das Sterben ist mit Verlust verbunden. Verlust von Macht, Möglichkeiten, Wahrnehmung usw. Aber immer ist das Sterben der Verlust des Lebens. Die meisten Menschen sehen das Sterben als etwas sehr Negatives. Manche sogar als das schlimmstmögliches Ereignis ihres Lebens. Einige Wenige sehen dieses Ereignis hingegen als etwas Positives: als Befreiung oder als neuen Lebensabschnitt (Wiedergeburt oder Himmel usw.). Selten führen Individuen dieses Ereignis bewusst selbst herbei. Das wird dann Freitod, Suizid, Selbstmord usw. genannt und darauf komme ich am Ende des Kapitel nochmal zusprechen.

Das Sterben ist meiner Meinung nach hauptsächlich relevant in zwei Konsequenzen. Erstens durch den Verlust unseres Bewusstseins und der Wahrnehmung. Wie schon in Kapitel 11 gesagt, bin ich der Auffassung das Bewusstsein gebunden ist an Materie und Energie. Wenn nun die Aktionspotenziale nicht mehr durch die Neuronen sausen, weil irgendein Teil unseres materiellen Körpers durch Schaden und Zerfall seine Funktion nicht mehr in einem lebensnotwendigen Maße erfüllen kann, dann folgt der Verlust unserer Macht über unsere Geschichte alias der Tod. Zweitens durch die Auswirkungen auf die noch Lebenden. Bis jetzt habe ich mir den Luxus erlaubt Sterben als Phänomen in Bezug eines Individuums zu betrachten. Aber wir leben nicht alleine, deswegen sterben wir nicht alleine. Unser Sterben wirkt sich auf andere aus. Tot sein bekommt Relevanz durch andere. Erst durch die Menschen, die wir kennen, bekommt sterben einen Sinn. Wenn wir unsere Geschichte sind, so verlieren wir durch unsere Geschichte auch uns. Meine Geschichte von mir wird sterben, während eure Geschichte von mir mich unsterblich machen kann, solange sie weiter erzählt wird. Sokrates ist tot, aber seine Geschichte lebt weiter, und so lebt er weiter, anders als zu seinen

Lebzeiten, aber dennoch ist er irgendwie noch hier, genau wie alle anderen, deren wir ab und zu in ruhigen Momenten gedenken. Ich fühle mich nicht in der Lage viel mehr über dieses Thema zu sagen.

Wie angekündigt schließe ich das Kapitel mit Selbstmord. Ich denke jede Person hat die Freiheit zu entscheiden, ob sie weiter in dieser Welt leben will, in die sie ungefragt hineingeboren wurde. Ich halte diese Welt für lebenswert und liebe jede Empfindung in ihr. Aber ich verstehe, dass andere Menschen mit anderen Umgebungen andere Lebensumstände eine andere Zukunft haben. Ich möchte nicht verantwortlich sein für einen Selbstmord, deswegen würde ich mich gerne anbieten als Gesprächspartner, wenn jemand reden möchte. Ich mag tiefgehende Gespräche und wüsste nicht wieso ich in Zukunft keinen Freiraum dafür schaffen wollen würde. Ich weiß, dass das ein merkwürdiges Angebot ist, gerade weil einige Leser mich vielleicht gar nicht kennen und ich nicht weiß wo ich in ein paar Jahren sein werde. Trotzdem würde ich gerne das Angebot stellen.

Ich hab dieses Kapitel sehr trocken und locker angefangen und merke wie ich jetzt gegen Ende erst bemerke wie schwierig dieses Thema ist. Und dass ich mich unwohl fühle, wenn ich denke irgendetwas darüber zu wissen. Ich musste noch nicht das Sterben einer nahestehenden Person erleben und habe auch noch nie einen toten Menschen außerhalb des Fernsehers gesehen.

Zusammenfassung:

- Wir werden unser Leben verlieren.

- Wir werden unsere Geschichte verlieren.

- Wir werden uns verlieren.

Kapitel 18 – Ein Wort danach

Diese Reise hat mir viel gegeben. Ich habe viel Ziel meines noch jungen Lebens aufgebracht, um mir bewusst zu machen, wie ich die Welt sah und wie ich sie sehen will. Ich habe versucht eine komplizierte Realität mit meinen Gedanken zu erfassen und daraus zu erkennen, was relevante Begebenheiten für uns sind. Ich habe über unser Reden geredet. Und habe den Sinn des Lebens formuliert, sowie gezeigt was gut und schlecht genannt wird und warum die Unruhe hier sein soll. Auch wollte ich euch motivieren euch an neues zu gewöhnen und eure Anpassungsfähigkeit zu bewundern. Kurzfristigkeit und Langfristigkeit habe ich gegenübergestellt und im gleichen Atemzug einen Tugendkanon aufgestellt. Ich habe den freien Willen bewiesen, oder es versucht. Über Zufall nachgedacht. Über Geschichten geschrieben und unsere Identität erklärt. Ich habe mir danach Zeit genommen Zeit zum Thema zu machen. Den Menschen wollte ich charakterisieren und die Menschheit gut nennen. Der Tod war das Ende. Ich bedanke mich für dein Lesen und nun will ich dieses bescheidene Buch mit dem relevantesten Satz beenden, der mir gerade einfällt.

Wir schaffen paradoxerweise nur langfristig für uns Ruhe, wenn wir für andere Ruhe schaffen und die Unmöglichkeit Ruhe zu haben akzeptieren.

FSC
www.fsc.org
MIX
Papier | Fördert
gute Waldnutzung
FSC® C083411

Zeitfracht Medien GmbH
Ferdinand-Jühlke-Straße 7
99095 Erfurt, Deutschland
produktsicherheit@kolibri360.de